U0559554

书名就叫"师友追梦"如何？
因为我写的这十位朋友，有九
位都比我大好多岁，他们各有
专长，都可以做我的老师。如
今我想起他们，好多事已经模
糊不清，也有好些已经忘了，
更有一些事似是而非，好像与
在梦境中浮现的景象差不多，
追梦或梦忆也者，此之谓也。

师友追梦

秦绿枝

——

著

上海文化出版社

秦绿枝，原名吴承惠，1926年出生。为第七届全国人大代表，高级编辑。1949年正式进入上海新闻界，先后在《大报》《亦报》《新民晚报》任记者。1978至1981年在上海文艺出版社任编辑，创办《艺术世界》杂志。1982年《新民晚报》复刊后任副刊部主任、报社编委，在副刊"夜光杯"撰写"休息时断想""不拘小记"小品专栏。出版著作有《保持真实的我》《人生看戏》《平凡的断想》《海派商人黄楚九》《戏迷说戏》《开封府》，与魏绍昌合编《鸳鸯蝴蝶派研究资料作品选辑》等。

委顿的梦忆（代序）

吴承惠

　　这本小书究竟起个什么名字，一时还想不出。只好先搁一搁，说说我怎么会写起这些东西来的。坦白说，是在一种极其无聊委顿的状态下动笔写的。我说"委顿"，并不是哭穷，现在日子过得还可以，当然也不富裕。再想想，富了又怎样，到了我这年纪（九十二岁），吃不下，跑不动，外面的"花花世界"，我是连"心向往之"的兴趣也没有了，只求安安稳稳地过一天是一天。

　　我的"委顿"是身体状况大大地衰弱了。2015 年春节前后因支气管发炎引发的心力衰竭的那场病，几乎要了我的命。2016 年春上旧病又复发了一次，还算好，不过也警告我要特别注意防止伤风感冒。到了这一年的 11 月 7 日，女儿回来带来一只大狗，我不自量力地去抱抱它，不料走了几步就朝前扑面一跤，重重跌倒在地，别的倒还好，两只手摔疼了。又住院十天做检查，还好，并无大碍。但直到现在左右两只食指不时还在发痒，痒中又有点疼，看样子医不好了。

　　去年（2017 年）大体还好，支气管炎没有发作。但不知怎的，七八月间，有两次忽然昏倒在地。究竟怎么倒下去的，我自己也不知道。只知道有两三次我从沙发上站起来往外走，才走了两步，头脑里面就有点发昏，人有点摇摇欲坠的感觉，马上立定，扶着一只五斗橱，好一会，人好像才又恢复了知觉，这才再慢慢地移步。是了，医生曾经说我现在血流量比较慢，特别脑后的那一根血管，流得更慢，再三叮嘱，走路要万分小心，不可莽撞。我有时注意，更多的时候不注意，可能就是因为这个缘故摔下来的。还好是软软地摔下来的，又倒在地板上，如在外面的马路上，十有八九就摔死了。

去年9月又去住院检查，别的没有什么，还是老毛病，就是脑子里有两个血块。医生问我思维有没有影响？我说没有，真的没有。到出院时，血块已慢慢地在消失。这是我最最乞求老天能放我一马的，我最怕的是得老年痴呆症，看样子，现在还没有这个迹象。

不过家里人对我管得更严了，尤其是老妻，有时连我弯下腰来拾样东西也不许。出门更不用说了，隔个把月到楼下理发店也要把儿子叫来陪着我去。我现在整天就是坐在沙发上，一会儿看几页书，一会儿打个盹，偶尔站起身来从这个房间踱到那个房间，算是活动了一下身体。电视照例在下午三点钟开机，看看新闻，看看外国电影，别的节目常常是一掠而过。最近女儿又给我买了不少碟片，其中有写丘吉尔的《黑暗时刻》等，这下好，可以消磨一阵子了。

但多数我在闷坐无聊的时候是在七想八想，或者叫做胡思乱想，又像在梦游一般。想些什么呢？无非是想自己过去的一些经历，想一些曾经有过密切来往而今都已作古的朋友。于是就有几位新结交的朋友劝我写本带有自传性质的回忆录，以本身的事情为主，同时述及所处的环境，触及的世态，来往的友人以及家庭受到的波及等等。都可以在纸上留点下来，至少可以打发剩余的日子，免得白白地荒废掉了。这个建议我确实动心过，也考虑过，但思之再三，自觉我这个人实在普通不过，我的家庭也很普通，几乎想不出有哪个阶段可以让别人感到有意趣，有思考的价值。至于我个人更是"乏善足陈"，当然也从来不敢作恶。从"反右"开始到"文革"结束并获得改正平反的二十二年，是我人生的低谷、不幸，但日子也勉强过得去。家里的饭桌上，小荤还是常常有的，就是在人面前总感到有些卑微低下。也好，这正好逐步改掉了我早先沾染的又不大自觉的轻浮之气。总之，我自认个人的一生没有什么好写的，写出来也是引不起别人的兴趣，白白浪费纸张的。

可是，几十年养成的习惯，每天除了看书，总要拿起笔来写点什么才觉日子没有白过。现在我自觉年已老迈，不知世务，不再在报上写些什么，从而滋生的失落之感也常常折磨着我的心情。我的身体已很衰弱，路都走不稳了，偏生头脑子仍异常活跃，就是记忆力差了些，很多原本是熟人的名字一下子会想不起，但偶然一个触机，又在思想中跳出来。我家里还有大量的空白稿纸，从前买的和人家送的墨水笔还有好多，我为什么不用来锻炼一下我的思考能力和手上的笔力呢？

于是我开始写了，不写自己，写我结交过的几位朋友，在某种程度上又是我应该尊为师长的朋友，虽不敢谬托知己，但自觉与他们还算熟悉，在来往中有一些事情还有一些回味。我并不了解他们整个的一生，我也不想了解，更不愿意去打听，有些事只是看在眼里，约略估计，大体有数就行。我尊重朋友的自我选择，什么是对，什么是错，由他们自己衡量，我从不插嘴。有时难免进言或劝解几句，听不听由他们自己考虑，我也没有把握认为自己说的肯定正确。因为我这个人本身还有好多缺陷要朋友来帮我弥补呢。

因此我写这几位朋友时，作了几个规定：

一、只写我亲眼所见，亲耳所闻的；

二、只写与我有点关系的；

三、我不评价他们的是非，但也不隐瞒我自己的看法；

四、我写的可能都是师友的小事，因为我没有那个水平评价他的整个人生；

五、我写的都是我个人的印象、观感，不敢自诩"正确"，但还能当得起"真切"二字；

六、在写到朋友的时候也带出了我自己，也不敢隐瞒，是怎么回事就是怎么回事；

还有呢？一下子想不出了。

书写好了，我先放在那里，请两个朋友看看，把把关。已经看过的如上海城市管理学院原院长王其康兄看我年纪如此之大，居然还有这样的记忆力，感到欣慰不已。王其康兄是我晚年结交、至今时常往来的一位知友，我前两年出版的几本小书都有他奔走扶植的功劳，看来这本书少不得又要麻烦他。

还有民盟上海市委原宣传部部长杨鸿庄兄，帮我将手写的稿子制作为电子版文档并打印成册，并纠正了我笔下的一些谬误，这也是我要铭记在心的。

一直拿不定主意为这本小书起个书名。2018年1月11日躺在室内的沙发上晒太阳，头脑里却在转个不停，忽然一个触机，有了，书名就叫"师友追梦"如何？因为我写的这十位朋友，有九位都比我大好多岁，他们各有专长，都可以做我的老师。只有金声伯比我小两三岁，但他闯荡江湖，凭一张"巧嘴"赢得了那么大的名声，其中自有值得探索的学问，可惜我不住在苏州，否则的话，定能向他讨教到不少为人处世的心得。

不过，如今我想起他们，好多事已经模糊不清，也有好些已经忘了，更有一些事似是而非，好像与在梦境中浮现的景象差不多，追梦或梦忆也者，此之谓也。

另外收录两篇，一篇2016年李君维周年祭时写的，他虽然只比我大三四岁，但当年常在一起交游，他的含蓄稳重，也让我受益颇多。

梅葆玖先生非但不敢说是朋友，连熟悉的程度也够不上，他比我小好多岁。但他后来传承京剧梅派艺术的成就，同样是我要向他敬礼的。

此外我还将1957年"鸣放"时我为蒋月泉、陈大濩两位代笔的两篇收录在书内。记得1978年我所在的金山石化一厂党委派人调查我在"反右"时究竟有多大问题，他看了这两篇文章后说："这也算反党?"后来我果然获得改正了。现在再请大家看看，我猜多半会哑然一笑。反正那种动辄得咎的日子，早已过去，不会再来了。

再有，我思之再三，决定将 2016 年 3 月 20 日《东方早报》（已停刊）的专刊"上海书评"刊载的一篇访问记《吴承惠谈 1950 年代初的上海小报》，收录在这本书内，而且放在第一篇。因为书中写的那些人，十有七八是我在这两张小报工作时认识的，读者于此也可以略为了解一些当时的背景，还有我这个人的"底细"。我说自己非常"普通"，不是自谦，而是实话。

完成于 2018 年 1 月 12 日上午

目录

吴承惠谈 1950 年代初的上海小报

旧上海哪段时期的小报最繁荣？

吴承惠：我首先声明，我谈的是印象，因为旧上海时期我还是个资历很浅的小青年，文化水平也有限，想事情和看问题都是即兴的、表面的。我还有个缺点，就是没有在这方面做过资料搜集的工作，报纸随看随丢，都没有留存。解放前，我是上海市银行的职员，并不在小报工作，虽然喜欢看小报，也看得不多，偶尔也写写文章、投投稿。当时小报很多，水平参差不齐，报摊上摆列出来的小报，看看五花八门，其中虽有办得比较好一点的，但也好不到哪里去，所以每家小报的寿命都不长，有的甚至很短。小报虽多，内容往往大同小异，加上客观形势的变化，办小报的人又都不是有钱的大老板，经济常常出现困难，所以真正能挺立住了办多少年的小报是很少的。

抗战胜利前，龚之方先生在上海办过一份《光化日报》，跟他合作的叫唐云旌（即唐大郎）——诗写得非常好。龚先生最初是在电影公司做宣传，又办报纸，又在戏馆（当时在共舞台）做宣传，是一个很有经营才能的文化人。解放前的小报一般都是旧的小报文人吟风弄月的地方，而龚先生起用了几位懂外文的大学生，比如沈毓刚和徐慧棠就被吸收进来编译海外新闻。因此《光化日报》当时是比较突出的，比较新颖，很受欢迎。当时日本人也管制舆论，而且管得很凶，却又有缝子可钻。《光化日报》的头版有很多从外国报刊编译过来的新闻报道。当时正在发生太平洋战争，到了1944至1945年间，日本败局已定，舆论也管不住了，从大后方和国外流传进来了不少消息。比如，那时候上海人还不知道吉普车，《光化日报》首先披露了，引起了读者的兴趣，同时它也带来了胜利的希望。读者既感到新奇，又很受鼓舞，所以这份报纸一时很受欢迎。

1945年抗战胜利后，办报需要国民党政府颁发的执照，有的小报拿到了，有的就没拿到。龚先生也没拿到，《光化日报》就停办了，于是他就连夜在家用一张报纸横折竖折，折出了一种方型周刊，是小报的变种，名字就叫《海风》，变身为期刊，内容还是小报式的，一周出一期，很快风行一时。那时上海还从来没出现过这样的报刊，销路大好。于是，原来的小报从业人员，甚至非从业人员群起而效尤，想趁机捞一票，一时之间，什么《海光》《海星》《海晨》等纷纷在报摊上出现，一下子有了几十种。有的报摊就乱堆在那里，三钿不值两钿，卖也卖不掉，形成一种灾害。于是，《海风》首先自行停办，当时唐大郎写了一篇文章叫《始作俑者的罪孽》，表示自责。因为，在1946至1947年间，小报数量虽然不多，但这种方型周刊却在很短的一个时期内形成畸形发展，是令人料想不到的一种乱象。想想《海风》初创的时候，内容还是蛮好的，很多名家化名写文章，吴祖光就写过，但后来办的一些方型周刊内容越来越糟，甚至语涉下流，理应遭到读者唾弃，是很自然的事情。

所以要问旧上海小报最繁荣的时期，我确实说不出来，当时我二十岁不到，抗战胜利前固然不知道，胜利后的也说不清楚，大概有五六家，或者七八家，办得比较出名的有三家：《铁报》《飞报》《罗宾汉》。《铁报》可能执其中的牛耳，老板在日伪时期是国民党的地下党员，后来倾向共产党。其他还有些印象的，比如《诚报》《辛报》等。当时办这些报纸的人，现在大多去世了，知道的人不多了。

1949 年上海解放后，小报情况如何？

吴承惠：解放后，很多小报都主动停掉了，最后批准出版了两张新的小报，即《大报》和《亦报》，由新闻处主管。之所以还是要办这两家小报，我猜想有两个原因：一是用旧小报的形式教育当时的上海市民；二是维持小报从业人员的生活。而其中，我估计，夏衍同志起了很重要的作用。他当时在上海管文化，很博学，也是办报出身，对旧上海很了解，各方面结交的朋友也多，懂得利用上海的各种文化形式开展宣传，适应各种人的要求。

《大报》的主持人是冯亦代和陈蝶衣。抗战胜利后，从大后方重庆来上海的冯亦代和姚苏凤（民国时期曾在上海办过《辛报》）合办过一份《世界晨报》，由一位姓钱的资本家出资。《世界晨报》创办之初颇有雄心，想办一份与上海的小报有所区别的小型报，写稿的都是思想进步的文艺家，左派色彩比较浓。冯先生虽是党外人士，但思想进步，为共产党做了不少事，与左派文人关系很好，人称"冯二哥"。夏衍当时也在该报头版上开设了一个言论专栏，叫《蚯蚓眼》，都是一段一段的匕首式文字，三言两语、一针见血，很受注意。诗人袁水拍好像帮忙编过副刊，他又化名马凡陀写讽刺诗，就叫《马凡陀的山歌》。编辑有袁鹰（原名田钟洛，当时负责新闻版）等。可惜曲高和寡，脱离上海当时的现实，吸引不到更多的读者，销路一直往下跌，最后只好停刊。陈蝶衣当年是《铁报》的总编辑，也编过杂志，《万象》最早就是他编的。后来冯亦代去北京工作，《大报》的工作就由负责接收上海广播事业的党员李之华（也叫李一，以前搞影评，也是剧作家，在《世界晨报》当过采访主任）来协助陈蝶衣，主要的任务是负责与新闻处联系、沟通，上情下达，下情上报，具体编辑业务是不过问的。《亦报》则由龚之方和唐大郎主持。

那在小报的具体管理方面有什么政策吗？

吴承惠：大概是有的，但我不知道。宣传口径以《解放日报》为榜样，重要报道送到《解放日报》去审。那时我们办报都守住两条底线：一是歌颂新社会，二是痛恨旧社会。而在发行方面，解放后刚开始还是由发行商自行解决，后来才收归邮局管理，当时报纸发行集中在望平街（今山东中路），《大报》由一位姓田的负责发行，《亦报》由一位姓武的负责，他们原来就是小本经营的发行商。当时发行得好的，也就两万多份。

现在回过头看，《亦报》好像比《大报》办得好，能请您谈谈《亦报》的具体情况吗？

吴承惠：《大报》是1949年7月创刊的，《亦报》稍微晚一些。两份报纸在内容安排上差不多，头版是上海本地新闻，重要的新闻由《解放日报》来发，轮不到小报来抢先发；第四版是影剧和体育，《亦报》第四版的上半部分是体育，下半部分是影剧；翻开的二、三版是副刊。这跟当年的小报是一样的。

二、三版的副刊，《亦报》比《大报》好，这得益于它的作者群很强大，有周作人、张爱玲、张慧剑（笔名余苍，《新民报》"三张一赵"之一）、陶亢德（曾和林语堂一起办《宇宙风》）、金性尧、许姬传（梅兰芳的秘书，《梅兰芳舞台生活四十年》记录者之一）、柳絮（原名张廉如，在商会工作）、冯凤三（即冯蘅，后来去了香港）、潘勤孟（教师）、沈苇窗（后来也去香港办《大成杂志》，本人是学中医的）等。以前的小报文人分两种，一种是自身有职业的，也喜欢在报纸上写文章，写出名了，在很多报纸上就有他的专栏；另一种就是专门为小报写文章，以此为职业，比如冯凤三既写小品，也写洋场小说，就很有名。周作人、许姬传等也给《大报》写，但总体上还是《亦报》好看。

头一年，两张报纸的销路都很好，广告也很多，创刊一周年的时候，两张报纸在电台上做了三天的特别节目，很有声势，邀请上海的京剧、越剧、沪剧、评弹、滑稽界的名角到电台上来演唱，听众要听什么人唱什么戏，可打电话来点播，同时订一份报纸。后来报纸就不景气了，《大报》首先让人感到了颓势。因为报纸最重要的还是新闻信息，最好能采访到独家新闻。副刊虽然有优势，像周作人、张慧剑等作者都赫赫有名，懂行的人要看，但一般读者兴趣不大。其次，广告少了，内部管理也不健全。《大报》的行政人员，就是一个经理、一个会计，发行和广告都是有人承包的，他们不算报社的正式员工，也不拿固定工资。到后来，客观形势越来越显示出这两家小报的内容大同小异，两张再办下去就嫌多了，于是《大报》和《亦报》就商量合并，新闻处也有这个意思。当时看趋势是《大报》并到《亦报》去，因为大家普遍觉得《亦报》的质量好一点，内部管理也好一些。我当时是代表《大报》参加谈判的，但一直谈不成功，这里既有人事安排上的复杂原因，还因为《大报》负了债，《亦报》的经营状况好一些，但也没有钱来帮忙还债。如此僵持了一段时期，《大报》为表示决心，先主动停刊，债务好像是新闻处帮忙处理了一些。这我也不太清楚，反正政府在必要的时候还是要施以援手的。后来就并入了《亦报》，那是 1952 年的事情。

两报合并后，陈蝶衣没有去《亦报》，也没有安排别的工作，后来就去了香港。陈蝶衣是个文人，不会算计，也不懂得管理，他只会编报、写文章，也适应不了新社会对报纸的改革要求，只好远走他乡了。

1952 年合并后，上海新闻界就开始思想改造了，参加的全是民营报纸——《亦报》《大公报》《新民报》《文汇报》等。整风后，《亦报》部分人员并入了《新民报》，《新民报》从此变成了公私合营；《大公报》计划迁至天津；《文汇报》计划改成教师报。

哪些小报编辑给您留下了深刻的印象？

吴承惠：《亦报》的龚之方先生本来也可以进《新民报》，不过后来去了北京的《新观察》；唐大郎后来在《新民晚报》做编委，兼副刊组组长，他在从前的上海小报界号称"江南第一支笔"，朋友们都喜欢他，又感到他为人落拓不羁。夏衍很了解他，为促使他进步，特地安排他去北京的华北革命大学，学习了一年后再回来。他诗写得好，好多文艺界的名人都愿意跟他做朋友。此外，陈亮是《大报》新闻版编辑，后来在《新民报》做本地新闻。沈毓刚原是《亦报》副总编辑，后来是《新民报》编委、新闻编辑组长，负责头版。吴崇文是文艺版的编辑。冯小秀自然负责体育版。胡澄清还是编副刊。胡平和我是记者。还有董天野、乐小英负责美术工作。还有一些人我想不起来了。

您多年从事小报或小型报的工作，能谈谈吗？

吴承惠：我很惭愧，我高中也没有毕业就出来学生意、做事了，学历不高。生性喜欢文艺、看报、看书，进行自学，后来开始投稿。在《世界晨报》时期，我和一位姓吴的朋友包了一部分版面谈股票行情，他负责写稿，我就去报社编辑排版，不算正式员工，像是合同工，也给一个记者的名义，同时也去采访其他新闻。《世界晨报》销路一直不好，内容也不断改革更新，但总是与上海当时的现实格格不入。副刊编辑换过好几个人，最后请刚由上海圣约翰大学毕业的李君维编过一段时期，好像出现了新的内容，但大家的评价也不怎么样；后来他请假，随父亲去南京出差，就由我代编了三四天。后来《世界晨报》接洽了一个新投资者，但资金没到位，姚苏凤先生一怒之下索性就把报纸停掉了，去了《东南日报》担任副刊"大都会"的主编。冯亦代先生原在中原公司当高级职员，也在《联合晚报》编副刊，他对我们几个小青年还是非常关心的，正是在他的介绍下，我得以向《新民报》《联合晚报》投稿，认识了不少文化人。冯先生还经常约我们一些人聚会、喝咖啡，有李君维、董乐山、何为等。1947年，经我父亲朋友的介绍，我进了上海市银行当职员，在提篮桥分行，待遇不错，一年要多拿几个月的工资，逢年过节还有奖金，我的生活开始好起来，西装都是那时候做起来的，也有钱请朋友喝咖啡了。

解放后，上海市银行被接收，同事大多已被分配，我留在分行负责清理工作，感觉非常无趣，也有点惶惶然。

忽有一天我遇见了翻译家董乐山，他告诉我，解放后的上海新出版了一张小报，叫《大报》，是陈蝶衣办的，他被吸收当记者，可他没有兴趣，因为他原是在美国新闻处工作的，现在想去北京新华社。于是，他问我有没有兴趣，我当然愿意。他就去跟陈蝶衣一说，陈听说我原来是冯亦代的人，一口就答应了。于是我就这样正式进入了上海新闻界。进《大报》以后，因为报纸需要多登社会新闻，所以我天天不是跑浙江北路的人民法院（俗称新衙门），就是跑几个公安局。一年后，美国电影被禁止放映，民族戏曲趁势兴起，于是我的采访重点转向了戏曲界，从此看了不少戏，认识了不少名演员，也写了一些可以保存的东西，如《盖叫天演剧五十年》等。

　　事情总在不断地起变化，大概到了1956年，《新民报》在赵超构先生的主持下进行改版，我又去跑社会新闻，其中有一篇《她在转变中》，写周佛海的小老婆在妇女教养所接受改造，激起了反响，被指责为大逆不道的黄色新闻，噩运似乎从此开始，直到1957年被打成"右派"。这以后二十多年的遭遇，让我明白了很多事情，现在不说也罢。"文革"后，《新民晚报》于1982年复刊，我被调回来参加编副刊。但我积习难改，止不住又开始写东西，其中"秦绿枝"这个笔名用得比较多，还出了几本书，这也没有什么好夸耀的。倒是退休以后，这二十多年来，日子过得很是安闲，可以说是水波不兴，这是我一生最值得珍惜的日子。回首前尘，恍如一梦，什么银行职员、小报记者、下乡劳动、进厂做工，苦也罢，甜也罢，统统不在话下了。

如唐大郎再多活几年

已经年过九十，我是个很老很老的人了。有些生前还来得及做的事，已做了几件，也算不容易。还有一两件没有做，也不急，就暂时放着，让生活留出一点空白，表示自己也是"识相"的。到了相当的年纪，就要认真地掂一掂自己的分量：什么事是你还可以做，什么事由你做出来还是比较符合实际的。这样盘算来盘算去，觉得把几个已故的老朋友再拿出来琢磨琢磨，稍稍打破些顾忌，既写他的正面，又写他的负面，不为贤者讳，也不为自己讳，而总结到一点，就是这位朋友在我心目中，究竟是个怎样的人。人家说他这好那好，但我却认为说得有点过头，你可以向别人吹嘘，我却决不来附和。

你对某人有成见，缺点说得多了些，我也不来为他申辩，因为事情影响不大，将来有机会再补正吧。不补正也没关系，反正写他的人和被写的人都已亡故，而且有了年份，属于放在历史的档案中已经积了很多灰尘的那种，对现实不起什么作用了。

我也是闲得无聊，总感到每天不用笔在纸上画两道字体符号啊什么的，好像一天就还没有过去似的。于是想起就再把几个已故的朋友写一写，这一次打开框框，就我知道的，接触过的，有什么感想的，都写下来，有什么写什么，尽可能地不拔高，也不压低，还原他和我的关系。

现在已经写了三四位，每天顶多只写千把字，少的两三百字，想得顺利的时候多写些，不顺少写些，有时候索性就不写，反正又不是要完成什么任务，说到底还是消磨余生，打发所剩无几的光阴罢了。

现在一时就想不起写什么人最好。考虑来考虑去，终于把唐大郎拎到眼前来了。

这也是有来由的。今年（2017）春节前，上海图书馆的张伟先生和祝淳翔先生突然来访，说是要为唐大郎出一部诗文集，特地找我来商量。大约在五六年前，上海作协也准备出一本唐大郎的书，收录他遗留的一些诗文，不过十五六万字的光景。因为作协派人找到大郎家里去，大郎的遗孀刘惠明女士思想做不通，也难怪，大郎生前写了些什么，她并不完全了解。作协的人便来找我，要我去打个招呼。我便打电话给大郎的小儿子唐勿，几句话一说就解决问题。但这本书出了没有，至今没有下文，那也不关我的事。

现在上图的张伟、祝淳翔先生也来做这件事情了。而且工程浩大，估计要三百万字，可能囊括了大郎一生的笔墨，很多是早年的作品。私心不禁佩服他们的手笔之大。出版社听说已经联系好了，不管是谁，反正我觉得他们挺有魄力，也挺有办法的。

张先生等所以来找我，一是问我大郎是否还有什么遗作存在我处？以及他亲笔写的什么东西没有？还在手头否？

二是问了我大郎家里的事情。

三是要我写一个"唐大郎诗文集"的书签。我想想真好笑，像这种题书写字的玩意儿，怎么轮得到我，我哪有这个资格？如果放在以前，至少是画家唐云、书家金石家邓散木义不容辞的事情。不过现在谈到唐大郎的朋友如果还有谁在世的话，数来数去，只怕为数已经很少，我算是其中的一个。

再就是问我还存着多少唐大郎的亲笔书信。曾经有别的人多少次问到我这个问题，我都含糊应过。说是有一些，日子一久，已经不知放在哪儿。其实是我对这些人有些看法，并吃准了他办事不一定可靠。你把东西交给了他，他一转身很可能就翻脸不认人。大郎的那些信有可能就不是你的了。

但我还是找出了两封，是 1979 年我办《艺术世界》时，大郎寄诗来为我的版面壮色而叮嘱的一些话。我把这两封信贴在纸上，好看得清楚一些，他们拍了照，没有拿走。

说到大郎和我通信，大概始于 1973 年一次我从南京回沪休假，这天早上一开后门就收到一只信封，拆开来不过是一张条子，短短几句话，使我大受感动。大意是："听到你有时回沪休假，为什么不来看我。晚报内大概只有我和你之间没有'撬开'，来吧，来看看我吧……""撬开"是老上海白相人的"切口"，意思是有"芥蒂"，有"纠结"，有"恩怨"……

别的人看了也许不了解，这些话只有跟我说，是心灵相通的。

大郎那里，我也不是不想去。但情况不了解，他还在奉贤干校里吗，还是已经回来了？至于我，在那时被遣送到梅山，无非是把你赶出上海，同时赶出新闻界。晚报固然被停刊，要是没有停，也不会让你留在里面。既然如此，我和晚报的人也就没有了来往。倒不一定是他们嫌弃我，而是我主动地避嫌疑，怕我的“右派”身份连累了他们。

大郎也许是个例外。记得我1961年被摘了帽子以后，在私交上，大郎反而比以前更加接近我了。有些事，我想在后面再说。现在且说我这次回家竟意外地收到了大郎这张短笺，自是高兴非常。记得当天下午就去新闸路看望了他。

他已经退休，此刻坐在二楼卧室内一张单人沙发上，一面抽烟，一面不知想些什么。见我去了，看看我的外表并不是那种非常落拓的样子，也很高兴。我没有什么好谈的，他倒跟我谈了晚报的事情。这次“文革”也有好处，就是把一些我们一向对之有怀疑的人的嘴脸暴露出来了。并不是说他们都是“坏人”，而是表面“正经”，背后“龌龊”的那一套，都或多或少地想遮盖也遮盖不住地掉落下了假面具。这些人和这些事，多半是我已离开晚报，大部队已到奉贤干校后陆续上演的。大郎同我谈的，多半是这些话题。

我的假期有限，很快又要离开上海去南京，不能再和大郎见面了。但我们可以通信，大郎好像把我当作了可以说说心里话的对象，而我对大郎，素来把他奉为"偶像"。因为他说的都是心里话，他的看法多半也是我的看法，所以很乐意听。我们不能面谈了，怎么办？就通信。开头也是大郎先写给我的。那时我们梅山的各个工厂仿部队建制，车间以下设连和排，每个连除正副连长外还设有宣传干事和生活干事。我所隶属的那个连的生活干事是我们晚报的人，他在运动中一点没有受到冲击。他的夫人也是晚报的，颇受工宣队的重视。他在南京待了没有几年，就由夫人运用工宣队的关系调回上海了。他跟我的关系不算差，但在那时候人与人之间都要防一手。生活干事的工作之一是管连里的分发信件。每天的信件先要经过他的手再分发到个人。他和大郎也是熟悉的，名义上曾在大郎领导的副刊组工作过。大郎的字迹他是熟悉的，万一发现我们的信件来往如此之多，忽然顿生他念，向连部的领导告发，检查信的内容，又发现我们说了些对报社造反派不敬的话，岂不又生祸端？所以我就向大郎建议：寄来的信封上不要露出你的笔迹，也不要注明是你写来的，打一个马虎眼蒙混过去就行。于是此后大郎的来信，下只角都写"上海徐寄"，是他女儿代写的。

　　大郎的来信，谈的都是他现在的情况。他已被审查完毕，可以做结论了。大郎这人在旧上海也算是个名人，朋友很多，却从不与国民党政府方面有过沾边的事情。查来查去，查不出他在反动派那里担任过什么职务，也查不出他为反动派做过什么事情。只查出他曾经与流氓帮派有过来往，拜过一个"老头子"，当时这也是避免不了的。他在报上写过很多文章，难免要得罪什么人，不寻求一点地方上的势力作保护是无法生活的。就凭这一点，他的审查结论给他安了一顶"流氓文人"的帽子。这算什么罪名？当时的组织条例上没有这一款。照理可以不接受。但大郎对我说："算了，我只求早点脱身。像我这样的人，他们（指造反派）不搞点'花头'放在我头上是不会放我过门的。我只求有了结论之后就可以退休，反正工资是不会少掉一文的。"

大郎开始和我通信的第一年，除了请病假回家，多数时间还要去奉贤干校。办了退休，就可以彻底离开干校了。在干校也不是一点没有乐趣。每天天刚发亮，他就起身，第一个到茶水炉子旁边等开水第一个泡茶，吸烟……他有一封信还说："……干校也有干校的好处，生活有规律，一连几天都没有发喘咳的毛病。"喘咳，开始是支气管发炎，弄不好就要"祸延"肺部，再发展下去或许影响心脏，或许就要变癌。这是我现在才知道的，要是那时候就有这样的认识，会劝大郎立刻戒烟了。

大郎是个"老枪"，烟瘾很大，尼古丁稍微轻一点的烟支到了他的嘴里往往不能"解馋"。记得上世纪 60 年代初灾荒时期，卷烟供应亦有限制，吸烟者每月发若干烟票，上等的中等的下等的各几包，高级知识分子受到照顾，好烟多一些，但仍旧不能满足。报社就将各人的烟票收集拢来，统一向指定供应的烟杂店采购。因为是报社，烟店总要多给些好烟，还给一些价钱贵不收烟票的特种烟，这件事交给总务科来做。1960年底我从乡下调上来，"右派"帽子还没有摘，就分在总务科打杂，其中一项就是管烟票配香烟。大郎当然属于高级知识分子之列，好烟要多分一些，但他还是不够吃，就私底下找我想办法。我说，烟店分了我们好多细支雪茄，是出口给外国贵妇人吃的，你要不要？不过价钱要贵一些。大郎忙说，要，怎么不要，有多少你都给我好了。

当然不能都给他，我还要应付别人。这种细支雪茄大郎吸了说很好，过瘾，从此就看见他嘴上常常衔着这种烟。现在想起来真是一种饮鸩止渴的举措。

话扯远了，再来回忆大郎给我写信的事。我在南京时，大郎的信中常常夹一些他新做的诗，最让我感奋的是他特地为我做的诗。有一次接到信，拆开来，竟是一首七律。题曰："寄陈思白下"。"陈思"是我在"文革"前常用的"笔名"。律诗如下：

莫从文字说飞扬，且看钟山草树苍。
似子犹多迟暮感，嗟余佯作少年狂。
剩来几辈谙诗味，念到无家乱客肠。
颇想近年完一愿，濡毫替谱贺新郎。

"贺新郎"是一个词牌名，又叫"贺新凉"，又叫"金缕曲""百字令"。

我看了真是感念不已。想想大郎真是把我当成他的知己了。大郎的诗，有人觉得近于"粗俗"，诗中常常把"切口""谚语""口头语"等运用进去，殊不知这正是他的高明之处。做诗做得非常娴熟了，便信口说来，皆成妙谛。

这首诗他后来在香港《大公报》副刊发表，题目改为"寄陈思与岑范"。岑范是位电影导演，香港人知道他，也是老大不成婚，直至老死，孤独终身。

我在1977年结婚了。夫人是位护士。1978年养了一个女儿，她出生后给我带来好运，我对她疼爱不已。

大郎又曾经仿清人王渔洋怀念友人的诗体也尝试着做了好多首，都是七绝，抄了好几首寄给我看，其中一首是写我的："闻有新词欲附航，好将新艳替苍凉。怜渠棹遍秦淮水，难觅风流郑妥娘。"大郎说，在当日的"秦淮八艳"中，他最喜欢的还是郑妥娘，因她为人有丈夫气，不扭扭捏捏的，故作小儿女情状。

然而郑妥娘也好，别的什么人也好，眼前我一个中意的也没有。我也不想在南京成家，私心盼望着有一天回上海。因为大郎来信，总免不了要谈诗，燃起我在这方面想作一点探索的兴趣。我头一次离开上海到工地来报到，行李很简单，最要紧的是御寒的衣服被褥不能少，其他的能不带就不带，但我还是塞了两本书进去，一本是《水经注》，贪图注解的文章写得好，看一小段可以琢磨半天。另一本是《陆游年谱》。我爱读陆游的诗，还有他的词，这本书儿乎将陆游所有的名作都收集进去。陆游后被证明是所谓"法家"，肯定站在"革命阵营"这一边，所以放这本书在枕头旁边，人家是不会说什么的。在我看来，陆游一生虽然向往跃马疆场，上阵杀敌，其实官运并不亨通，经常处于寄人篱下做个不起眼的小官，或者投闲置散，在家读书耕种，从无聊和无奈中深得闲中之趣，把日常的生活琢磨得非常透彻，因而写出了好多关于闲适之乐的好诗。我就偏爱他这方面的作品，为之吟哦不已。大郎与我的见解相同，他也认为，把陆游只看成是个爱国诗人，未免片面了。不过，在"文革"那样的环境下，陆游的这些"法家""爱国诗人"的标签，可以掩护我对陆游人生在失意时的探索。

我本来不会作诗，更不要说是填词了。背是会背几首的，也总是偷偷地一个人背，不想被人讥笑我像《红楼梦》中的香菱，更不愿意人家说我是"薛蟠"。

我在梅山烧结厂的操作岗位是工厂的最高一层，外面是宽广的平台。从焦炭厂由皮带运送过来的料，到我这里通过两个矿斗泻到下面的"二次混合"（再搅拌一次），就可以到矿床去烧结了，然后再运往高炉。我们这种"皮带工人"的任务，只是时时睁着两只眼睛死盯着皮带运转，不要在运转中出故障。但故障还是时时要出的，倒不定在我这里，而在别的地方，一出故障就要停机，往往几个小时都修不好。我们上班只好空坐在岗位上，书又看不进，同岗位的农民征地工就索性睡大觉，我睡不着，往往就七想八想，想到自己的身世，自己的命运，自己的未来，很自然地就有了想写点什么的念头。我想到清朝的诗人顾贞观，曾因好朋友吴汉槎远戍边疆，同情他的遭遇，写了一首《金缕曲》的词，头一句是"季子平安否？"后来顾贞观的好朋友贵公子纳兰性德看了词大受感动，运用关系将吴汉槎调回来了。我想吴汉槎姓吴，我也姓吴，如今也被流放。大郎虽然同情我，却不能帮我改变境遇，也只能写点诗词安慰安慰我。现在我何妨自己也作一首，试试我在这方面的涉猎是不是还有两记"花拳绣腿"的功夫？

历来对诗词的看法，都认为这是一种哀吟的声音，人只有处在穷困潦倒、孤苦凄凉等种种不顺心的逆境中，才会迸发出这样的心灵火花来。所谓"江山不幸诗人幸，话到沧桑句便工"。如此说来，我在南京梅山的那几年，算得是不折不扣的"逆境"了。整天萦绕心际的，无非是自己孤独、飘零、卑微、屈辱等不幸的遭遇。一些看过的诗词便涌上心来，找几句适合的经过改造变成自己的，顺便也消磨了当前的寂寞岁月。我就这样差不多花了个把礼拜的工夫，一阕"金缕曲"被我胡诌成功了：

痴梦当醒悟。数平生，行年四九，用情多误。捣碎愁肠千百转，只索催人老去。空怅惘，王孙迟暮。但有珍珠量一斛，又何须，倚马夸词赋。书卷气，逆时务。

秦淮两岸罢歌舞。况萧萧寒烟衰草，哪堪久驻？妄念而今收拾起，纵使良宵如故，欺白发，总成虚度。暗自销魂无一语，倚危栏，望断天涯路。思鲍叔，欲倾诉。

"词"凑成后，犹豫了几天，斗胆寄给大郎，不想竟得到他的赞许，说我在格律上还是注意的。还说他近年常得到黄永玉、吴祖光他们寄来的诗，就是不讲究格律，"有些胡来"，预备写信向他们提意见。

因为在岗位上有时闲得无聊，做了这阕"金缕曲"后，自觉此兴甚浓，又陆续做了几阕，都是记述自己近年一些感受的，斟酌再三，又寄与大郎。不想却得到他不客气的批评，总的意见就是"牵强"二字，不自然，不成熟。不过他也肯定一点，就是我作的词是"抒情"的，这是词的正宗，而他是叙事的，属于次等，总之，我在这方面还要多多学习，多多琢磨，等等。当然这都是安慰我的客气话，我是懂的。在诗词这方面，我既无天赋，亦无功力，差得远。我能够胜任的，还是作一些意在言外的小文章，对诗词一道，只勉强有些鉴赏的能力，想通了，今后也不为此"枉费心机"了。

　　大郎如今也作词。干校的医务室有位女医生，已年近五十，长得不漂亮，但风度甚好，看上去朴实无华，大郎对她又有些痴迷起来了。大郎这人曾坦白地告诉我："我这人样样事情有把握，唯独此事（女色）把握不住。"看来如今他的老毛病又犯了，但也只是单相思而已。经常以看病为由，到医务室找这位女医生闲扯几句，聊慰相思。有一天，这位女医生出诊回来，走在大堤上，竟与大郎劈面相遇，两人一路走，一路谈，令这位"登徒子"欣喜不已。后来他为此作了一阕"意难忘"词，且录半首如下：

　　故惜春泥，看迟迟放步，秀发初齐。东南风跌荡，吹汝过陇西。轻一笑，应声低，似方下云栖。须劝令，行云且住，云雀休啼。

这阕词后来是否发表在香港《大公报》他写的"闲居集"专栏里，不敢断定。至少他死后，香港为他出版的《闲居集》一书里，没有收录进去，却收了他另一首"七绝"："始信登徒成善徒，者回羞赧向来无。浑身俱是风流胆，不敢公然对汝粗。"

诗题曰"偶成"。别人不知道"汝"指的是谁，我是知道的，就是这位女医生。

大郎在"女色"方面的事情，至少在我与他成了同事，又蒙他的赏识以后，对我从不隐瞒。有时他还告诉我以前的一些荒唐的"念头"。比如他年轻时一次看京戏，台上出现了一位花旦（女的），娇媚无比，竟惹得台下的他顿生邪念，恨不能立刻跳上台去，将她搂住……

又有一次，他与一位女说书的同乘一部三轮车，那女说书的坐上去以后，总是把头歪着朝外，很别扭地坐了很久，大郎火了，对她说："某小姐，侬把头别过来好不好？侬放心，我不会香侬个面孔的。"那女说书的立时面孔涨得绯红，觉得自己太小家子气，恨不能马上跳下车去。

诸如此类，大郎私底下不知跟我讲过多少。他大概已经看出我这个人在这方面涉猎的兴趣还是很大的，若社会条件允许，我说不定也会有大郎同样的遭遇。不过有一点是肯定的，我没有他那样大胆豪迈，也没有那么多的朋友相帮了断。唐大郎这个人也是在一定历史时期一定特殊环境下的产物，唐大郎之前没有唐大郎，唐大郎之后也再没有唐大郎了。

大郎从干校时期起，就有支气管炎，动不动就要发哮喘的毛病，其实是癌变的前奏。要么是起先没有查出来，要么是人家已经发现了征兆，没有跟他说。大郎有诗说："所苦一身缠一疾"，即指此。大郎从干校退休后，觉得老是孵在家里也不是办法，便与家人在京沪线沪杭线一带的码头上走走散散心，吃些好久没有吃到的土产。大概是1975年春末，他到南京来了，住大儿子唐艺的家里，写信到我工地，约好日期，在玄武湖碰头，那天下午我应约而去。大郎和夫人还有我，就同坐在一张茶桌上，就这样四面望望，再随便谈谈讲讲，觉得这样的日子也暌违已久，来之不易。国家大事，轮不到我们操心，谈的都是家常事，老朋友老同事的悲欢离合，而我们现在能悠闲地坐在这里，也算得是不幸中之大幸了。

玄武湖别后有好几天，又收到大郎寄到工地上的便条，说定于某日上午要到工地上来看看，午饭不要太费事，随便弄只菜就行。话是这样说，总不能太简陋，好在工地上有自由市场，我买了一只鸡（烧鸡汤），一斤河虾（有子的做油爆虾），两条河鲫鱼红烧，再加一只炒青菜，勉强可以待客。他们夫妻来的时候我还在隔壁煤气灶间忙着，红烧鲫鱼还是唐夫人帮我起锅的。大郎只吃了一小碗饭，可能他胃口小，也可能是我这点时令菜蔬，对大郎来说太不稀奇。

过了不久，我就得到消息，上海金山石化要到工地上调人了。我想不管怎样，让我先踏进上海的土地再说。不错，金山石化离市区很远，但总在上海的地域内，我还是上海人，户口不用迁了。

我立刻报了名，竟得到批准，决定 1976 年春节前先回市区，节后再去上班。现在想想，我这一招还是有远见的。你一定要等到上海某个单位看中你，不知要等到哪一天。我先行一步，站稳了，把家安置好了，再寻别的出路。就是寻不到，金山石化是个大企业，说不定也能找到安身立命之地，甚至可以在海滨分到一处新房子，说不定可以遇到"七仙女"……

上海的房子不过是一幢石库门房子的前后客堂。从1940 年我们从镇江移居来此，就一直住在这里。我父亲于1970 年去世后，曾经有人（是一位票友下海的京剧小丑）想拿他的亭子间换我的客堂间，我没有同意。隔壁的亲家母（寄养我家外甥女儿的婆）也想拿她三层阁楼来换。我只答应我不在时你可以住在这里，帮我看房子，换是不换的。好友龚之方从苏州来上海会会老朋友，曾经在我的这间空房间住过，别的还好，就是没有卫生设备，老先生不习惯坐马桶，要大便只好跑到复兴公园门口去，太费事了。

现在我回来了，"物归原主"了，同住一幢房内的多年邻居都很欣慰，两家人家轮流请我吃年夜饭，他们跟着孩子叫我"好伯伯"，连声地说："好伯伯回来了，好！好！"

朋友和同事知道我回来的，大概只有大郎一人，而且我还同他商量过的。别的人知道不知道都无所谓。反正我想同他们保持来往的也没有几个。我记不起冯小秀此时是已经死了还是没有死。我在南京时，回来可以找找的又不嫌弃我的老朋友还有冯小秀。他原来和我是《亦报》的同事，跑体育新闻的资深报人，《亦报》的体育版由他一个人包，连编带写，不费吹灰之力。并入《新民晚报》后，可以说，晚报的体育新闻由他来主持，面目大变，变得有人爱看了。和他在一起的青年人不服气，这又有什么办法，人家就是拿得出货色，撑得起市面。后来冯小秀因历史问题交代不清楚，降了职，不担任体育部的领导了，但新闻还是照样跑，有些地方就是要他去，而且一再得到主管体育的宋季文副市长的表扬，报社领导也不能拿他不当回事。"文革"爆发，他当然也是"资产阶级办报路线"的执行者，大罪没有，小罪甚多，大字报上是常常见有他的带叉的名字。批斗会倒很少，总之是"靠边"的人物，协助造反派抄大字报，我也是这样，得以常常在一起说几句话。我去南京梅山，他也很早就分到什么地方打杂去了。那时，我要找报社里的人打听打听消息，也只有找他，估计不会见外。果然他一见了我就很热情，既是老同事，又是老朋友，遭遇差不多，还有什么话不能谈的。他还是老脾气，要吃咖啡。以前中央商场"美星"现烧的咖啡吃不到了，只能到八仙桥桃园路旁一家点心店吃用咖啡渣烧的一毛钱一杯的"奶咖"，据说是真正的咖啡渣，不掺假，味道还可以。

他还请朋友为我介绍了一位对象，彼此的印象不坏，只是后来没有成功。

他患了癌症，我去看过他，劝慰他不要把生死放在心上。像我们这种人，就是活着也是混日子，不会派什么大用场了。谁知后来形势突变，接着晚报复刊，要是小秀活着，该会发出多大的能量来！

初到金山石化一厂上班的时候，外面正在起劲地吹着"反击右倾翻案风"。我分配在石化一厂的绿化组，一时没有什么事情做，就专门派我去参加厂里召开的这样那样的批判会，那时是两星期休息一次，两天。我回到市区的家里，首先是将空房子打扫一下。随即上淮海中路逛逛，然后到茅万茂酒店吃半斤黄酒，啃啃鸡骨头鸭骨头，再到对过光明邨吃一碗排骨面，回家。明天上午多半是去大郎家，因早已约好。还有今天明天去拜访别的哪位老朋友，或者已与某个老朋友约好聚餐，比如王熙春家，又比如姚绍华家等等。原来我跟他们不熟，但大郎只要一提我，他们就认为不是"外人"，还会说什么：他跟某某人谈过朋友的。"某某人"指的是某位女演员，也是传闻中的"瞎起劲"，其实还没到那个地步，也不够那个资格，我心里有数，人家要么说，随便吧，反正我这个人又不值什么。

渐渐地情况就有些改变了，因为经朋友介绍，我已与一位比我小十多岁的护士谈对象了。人家是正经人，见我空身一人，上无老下无小，工作也还可以，很快就与我谈定。即使有"右派"的经历，也不计较。好像谈了不久，毛泽东便去世，"四人帮"即被打倒，欢忭之余，我与她在1977年1月1日就登记结婚。有了家，每次从金山回来，总得先忙家里的事情，陪陪妻子。大郎那里自然就去得少了，但抽得出时间总要去一次。大郎这时又找到了一个新的乐趣，就是听书，听邢晏芝、邢晏春的书。他们说《杨乃武》，书路兼有李伯康、严雪亭之长。邢晏芝年轻，家学渊源，加上人又聪明，把俞调和迷魂调混合起来唱，缠绵悱恻，特别迷人。邢晏芝生得并不怎么好看，但透着一股聪明相，嗓子又好，唱起来表情丰富，特别对着台下几个专为听她而来的老听客，频送流波，一时真把几个老家伙迷住了。其中我认识的就有唐大郎、龚之方、荣广明等。他们几乎天天入座。邢氏兄妹白天的演唱地点在静园书场，离唐大郎的家比较近。大郎这一阵子一到吃过中饭，家里就坐不住，要去书场。有两天觉得身体不大好，想不去，在家里歇歇睡睡觉，可是不行，反而更加难熬，坐也不是，躺也不是，索性还是去听书吧！

我说的是大郎，其实之方、广明还不都是这样。他们后来跟邢家兄妹搞熟了，称呼起他们兄妹都是"阿三头""阿五头"。其中邢晏春行三，邢晏芝行五，老先生叫起来总是"阿三头""阿五头"地叫得很亲热，甚至有点"肉麻"。大郎还好一些，荣广明最起劲，明显意不止于此。他到国外写信给邢晏芝，开头总是"芝……"大郎后来因为身体实在不行了，连床上也爬不起来，还想干别的吗？

这时期我的情况倒时有好转。先是华国锋的党中央发了一个"文件"，说明"右派"是过去的历史问题，与现在无关，已经摘了帽子的，就不是"右派"，不要再叫他们"摘帽右派"，在使用上不要再有分别了。文件一宣读，我的工作马上就调换了，不再在绿化组打杂，调到厂工会去当干事，其实无事可干，不过是坐在办公室内，看看报纸，翻翻文件，偶尔和同事攀谈几句。然而在别人看来，我就是不折不扣的厂一级的干部了。这样的日子过了没多少天，家里打电话来，我的妻子要分娩了，要我马上赶回去。我便向党委副书记耿克杰同志请假。老耿是部队转业的，人很好，很看重我，我一说就准，给假一个月。等我到了上海，妻子已离开产房，一切舒齐，养的是个女儿，正合吾愿。

一个月产假结束，回厂续假，又给了两个月。因为工会"干事"的职务，本来是个闲差，厂里乐得做好人。这样我也能安心地侍奉夫人。

忽一天，原报社文化组记者武璀来看我了。她参加过抗美援朝战争，原是部队文工团的，复员到上海，分在《新民晚报》文艺组，采访沪剧等地方戏曲，平时她为人很好。"文革"初期，她天然是革命群众，但从不胡来，更不用说是打人骂人了。晚报结束，她分在文艺出版社戏剧室。她爱人吴真本来就在文艺出版社，是位担任审看小说的老编辑。记得在报社时，武璀跟我相处得不好也不坏。说不好，是碍于我的"右派"身份，平时接触不能太给脸色；说不坏，我的工作表现摆在那里，业务水平也摆在那里，大家没有什么好指责的。现在到了出版社，她觉得很孤单，使不出什么劲儿来，就想找个帮手，好在戏剧室的编制还缺人。她跟报社原来的同事商量，就想到了我。就到我家来问我，先作为"借调"，把人弄上来再想法。我当然同意。她们到金山石化一厂一跑，碰到的正是耿克杰副书记，一点疙瘩也没有，于是我就又回到市区又回到文化圈子来了。

这事我首先要告诉大郎，他自然也为我欢喜，来信和我打趣，说我现在"左手拥美妇，右手抱娇女"，好不开心也。

过后我才知道，"文革"前，我作为"右派"也能恢复做记者，是情况与别人不同，一是名额不够，硬补上去的；二是我的工作能力，确实也不能否认。党内的人平常在一起交换意见，对我也没有什么好指责的，就是不能"重用"而已。

借调一个月过去了，又续借三个月，接着就是为"右派"的改正了。《人民日报》登出来的消息，报社几乎把所有的"右派"一风吹了，名单一大批，看看真惊人。石化一厂动作也快，我猜想又是老耿的意思，他已派人调阅了我的档案，又找晚报的人了解情况，找到唐大郎，他回说："他怎么会打成右派的，具体情况我不清楚，但说吴承惠这个人会反党，我不信，他这人很胆小，从来不问政治，你借给他一百个胆子，他也不会反党……"

我果然"改正"了，就是"平反"了。那时组织关系还在石化一厂，我特地赶下去参加平反大会，在会上发了言。会后，老耿找我谈话，说你安心地待在上海好了，我们不会催你回来的……

因为文艺出版社先办的一本《文化生活》销路奇佳，戏剧室坐不住了，也想出一本，武璋就想了《艺术世界》这个点子，室主任江曾培表示赞成，说干就干，马上组成一个工作小组，指定我和武璋负责，稍稍拟了一个大纲，就由我和武璋前往北京组织稿件。这之前，我突然患胃出血，住院十多天，知道情况的人都说我"命苦"，怎么刚刚翻身，就又患大出血。其实没有什么，是吃东西不小心，硬把胃部的小血管刮破的缘故。1980年我又出过两次血，照了胃镜，也只查出球部畸形，小血管受伤，别无他患。

《艺术世界》第一期出版，销路十七八万份，内有大郎的诗。我曾把清样寄给他看，不想还是错了一个字，我懊恼不已。第二期还想请他写，但他时时发热，身体越来越差，我也抽不出身子去看他。第二期《艺术世界》销路涨到近四十万份，口碑不错，也考验了我的能力。有一次，原来的晚报老人在"老饭店"聚餐，大郎把我也叫去，记得还是1979年的一个秋日下午。大郎忽于此时通知我去参加，也是另有深意的。我想，《艺术世界》至少证明我这个人是有潜力的，是可以派用场的。席间，赵超构先生好像在为我惋惜，怎么刚刚能做点工作，又生起病来了？而且是胃出血……他老人家不知道，我这"胃出血"也是老天爷最后对我的考验。而我深信，我是经得起考验的。死亡的威胁，目前对我是不存在的。

《艺术世界》第一期出版后，从销数和听到的反映来看，似可立足，于是筹备第二期。我还想请大郎再写几首诗，占一版，这次保证不错一个字。但他回信告诉我，他又发寒热，早上是几度，傍晚是几度，无法应命了。

他又告诉我，晚报复刊之议，已被提起，有关人士已经动起来了，他一定要向主事者"推荐你这个少不掉的宝货"，盛情可感，但我并不领情，不想回去，目前的工作已很满足。所编的刊物是我很感兴趣的，也不太忙，过若干日子出一期，可以"慢工出细活"，而且我大小也是一个"头"，刊物怎么编，用什么稿子，都由我做主，这也符合我历来的心意。想定了，我去向大郎表明"心迹"，如他遇到筹备晚报的什么人，请他代为转达。大郎听了默然，他想不到我是这样一种态度，其故安在，他大概也能猜到一些。

其实我还有一个想法，如果你唐大郎还年轻，至少不像现在这样老，能回去当个什么负责人的话，我也会回去的。自我沦为"右派"以来，报社还没有一个人能像大郎这样对我从未有过什么"异样"的嘴脸。1960年冬天我从乡下回报社，还未摘帽，我自忖身份有别，从未主动同他"搭讪"过，但他有时在走廊上看到我，虽不交谈，但他那眼神是很温馨的，看得出是"老朋友"的表情。等我摘了帽子，又恢复做记者了，他马上就来向我约稿。那时晚报副刊"繁花"想出了一个专栏名曰"工余拾趣"的点子，请一些名人谈谈自己业余有些什么爱好，干些什么。拟议中的名人有周信芳，他与大郎是要好的老朋友。大郎知道周信芳爱读书，但自己不能动笔，要请人代劳，此人又非我莫属。一天下午，大郎便带我到戤司康公寓（今淮海公寓）周先生的家里，他们俩在叙旧，我则在一旁细听，同时观察周先生书房里的藏书。顶多两小时吧，我们告辞了。回去以后我就用周先生本人的口气写了一篇千把字的稿子，题曰"书到用时方恨少"。发表时，标题用周先生自己写的字体，却变成"书到用时方嫌少"。大郎同我嘀咕："明明是两句很熟的成语，书到用时方恨少，事非经过不知难，信芳怎么会记错了？"

那一年苏州评弹团在上海西藏书场演出，其中几档书都是大郎爱听的，如周玉泉、薛君亚的《玉蜻蜓》，徐云志、王鹰的《三笑》，曹汉昌的《岳传》。书场天天爆满，大郎也日日去听，票子是我代买的，因此我也有一张，每晚都与大郎夫妇坐在一排听书。大郎欣赏周玉泉老先生，说他真是炉火纯青。听久了，便与他们熟识起来，有了台下的来往。而周先生的下手薛君亚女士，其风度才华，也是大郎赏识的。大郎后来在香港《大公报》发表的《闲居集》，其中有首"寄与仓街薛氏收"，就是写给薛君亚的："一封短札寄苏州，小巷仓街最尽头。闹府大娘矜辣艳，描容师太故凄柔。清官在道能持重，恶贼横行莫效尤。留取当初形象美，蜻蜓飞倦弄香球。"薛君亚住在苏州仓街，她请大郎与龚之方去吃过饭。忽然想起，我与之方也去过。

"文革"爆发，大郎进了牛棚，我幸免，但与他不能接触，有些什么话要与他说，只能在中午去食堂吃饭时觑个空装作擦肩而过的样子说一两句。有次听到他的老朋友胡治藩金素雯夫妇自杀了，就用这种方法告诉了他。他听了，眼睛望着别处似的问我："是'悬梁'还是'饮药'?"我只轻轻地说了两个字："悬梁!"他不响，马上走开。

1980年，大郎的咳喘病发作得越来越频繁，越来越严重了，其实是癌的真相已经露面。但他那时又迷上了邢晏春、邢晏芝兄妹，几乎排日往听。据说送医院的前一天还挣扎着想去，可惜自己不能做主了。他住在华山医院，这天下午我去看望了他，过一会张文涓也来了，谈了一会，忽然刘夫人从外面进来说了什么，大郎哭了，这还是我头一次见他掉眼泪。文涓看情形觉得不对头，不便久坐，便打电话叫了出租车，约我一同走。在车上，文涓对我说："我们尽了朋友的情分了。"

过了两天，便传来大郎的噩耗，但丧事办成什么样的规格，设在辞书出版社的原晚报的几个负责人拿不准。这时夏衍正在上海，便由龚之方带领着去华山宾馆请教。夏衍只讲了一件事：有次周恩来总理找对外宣传的人开会说："我很喜欢看《大公报》上一个署名'刘郎'写的诗，他写的诗很自然，没有宣传的腔调（大意）……"经夏衍这样一说，大郎的追悼会放在了大厅举行……

　　追悼会的那天，照理我是非去不可的，但夫人再三劝我不要去，她说人都死了，你却要去见另外一些人，何必呢？她的话我同意。所谓另外一些人，就是指老晚报那些一副"革命面孔"的人。这些人我平时避之不及，大郎的追悼会也许正是他们假惺惺地又会摆出也是"文革"受害者的样子的机会，我又去看他们"猫哭老鼠"的嘴脸干什么？所以推托身体不好不去了。

　　后来却大受龚之方的埋怨："我本来指望帮我招呼一些老朋友的，不料你却'放生'，可把我累苦了……"

　　大郎死时才七十二岁，放在现在不算高寿。但像大郎这样的人，从前生活颓放，用他自己的话说："要不是共产党在管住了我，我可能活不到六十岁。"他是有自知之明的，但临到病危，他也禁不住哀感起来，不想死，此时却由不得自己了。

　　大郎如果再活十年，不，至少再活五年，等晚报复刊，做我的后盾，指导我编好副刊，再留下一些诗，多好！

初稿完成于 2017 年 6 月 5 日

"老板"龚之方

在回忆唐大郎的时候，常常很自然地就要提到龚之方。不仅在我历来的印象中，就是抗战后从重庆来的吴祖光，也认为龚之方和唐大郎是离不开的一对搭档，说他的北京话，就是"眼镜儿"，彼此连着的。在长江大戏院（从前叫卡尔登，与国际饭店相隔一条马路）的后台边上，有相连着的两个房间，就是之方和大郎早先的办公室，也是《亦报》最早的社址，后来才搬到南京路慈淑大楼去的。大概还在抗战时期，有一天下午我无意闯进了卡尔登的后台，看见周信芳先生身上穿着靠，光着头（头上没有戴什么）踱进了这两个房间，他此刻大概没有戏，闲着，来找大郎聊天了。

据我的观测，之方和大郎都是小报界的重量级人物，但两人又有所不同，大郎纯靠笔下取胜，故有"江南第一支笔"之誉。之方有行政办事能力，是做"老板"的材料。他的历史我不清楚，听他偶尔谈起，他大概最初追随电影大亨张善琨，学到了张善琨的一些"本事"，在电影公司和戏馆做宣传，怎样在广告上制造煽惑人心的语句，是很有一套的。他有一个叫"龚满堂"的绰号，意思是他给共舞台连台本戏在报纸上拟的戏目广告，常有极其生活化，又极其上口的诱人语句，如"关照娘姨早点烧夜饭"等，意思说你来迟了就买不到戏票了。他不说戏怎么怎么好看，只从另一个角度形容观众之多，剧场爆满要拉外面的铁门，让你也心痒难熬，非去不可。"龚满堂"者，真名不虚传也。

我最初知道龚、唐二人合作的成绩，是1943年至抗日战争胜利前办的《光化日报》。这张小报比当时一般的小报有新意，尤其是头一版，常有太平洋战争的侧面报道。这时，日本的败局其实已定。美国方面拿出了好多我们从前没有见过的新式武器新式配备如吉普车等。《光化日报》起用两位懂外文的大学生，从偷偷运进的美国刊物上把这些新闻翻译过来，登在报纸上，引起了读者的好奇，好像在版面上打开窗子，吹进了一股新风。大郎除了每日写一篇小品外，每日还有一首打油诗，多半描写洋场风情的，并配以江栋良的漫画。总的说来，《光化日报》还是一张上海的小报，又稍稍不同于往日的小报，在言论上稍稍不同于往日的市井气，从中能稍稍感受到一点进步的意念。

后来才知道，这张小报的后台老板之一是当时上海警察局法务处处长李时雨，表面上很有权势，其实他是个地下党员。胜利后忽然不见踪影，解放后却在天津出现。种种迹象表明，龚、唐二位与进步人士的关系，早就有了历史渊源。所以解放以后，由他们两人出面办一张小报《亦报》，也不是没有来头的。

《光化日报》在抗日胜利不久停刊了，龚之方想申请再办一张小报，执照总是领不到。期刊是可以办的。于是龚之方拿一张旧报纸，花了一夜的工夫，在家里的床上横折竖折，终于折出了一份方型周刊《海风》，还是小报的内容，但不是天天出版。作者也不全是小报界的，有进步的作家如吴祖光等也参与写稿，不过是化了名的。一时销路奇佳，更能赚钱，于是引起小报界人士的纷纷效尤，什么"海光""海星"之类的方型周刊连续在街头的报摊上出现。越办越多，越多越滥，终于酿成了一种无人问津的"灾难"。有人画了一幅漫画，画面上的报贩身上背的广告竟是"海怪"二字，地上则堆满了方型周刊的"废纸"，被风吹得乱飘。

在此形势下，《海风》首先宣告停刊。唐大郎在《铁报》上写了一篇文章，题目《始作俑者的忏悔》，表明与此决绝的心情。这其实也是龚之方的声音，当初办刊原不希望会出现这样一种"乱象"，为此他们也只好带头停刊，心情沉重，难以尽言……

果然，时隔不久，别的方型周刊也陆续在报摊上不见了，其实也是"撑"不下去了。我略为想了一下，这个方型周刊存在的历史前后不到一年。

《海风》之后，龚之方又办了文学杂志《清明》、综合性杂志《大家》等，都用了"山河图书出版公司"的名义。这个公司的地址，就是卡尔登戏院后面的那两个房间。解放后龚之方主办了《亦报》，山河图书公司的名义依然存在，出版了张爱玲的小说《传奇》等。

抗战胜利后，又继张善琨之后，上海的颜料巨商吴性裁先生成了娱乐界的"大亨"，办了文华电影公司，参与天蟾舞台、共舞台的掌控，卡尔登更不用说，经理周翼华是他的小舅子。龚之方也归于吴的麾下，负责宣传大计。唐大郎与吴性裁是好朋友，但只是特殊的"客卿"地位。卡尔登那两个房间，唐大郎的写字台是与龚之方相邻的，也说明他这个"客卿"是少不了的。

龚之方也在当时的几家小报上写稿。我只知道他在《铁报》上用的笔名是"天衣"，后来唐大郎在香港《大公报》上写诗，注解中如提到之方，常用"天衣"二字代替。

文华公司拍的电影《人到中年》和《假凤虚凰》等，宣传做得那么有声势，都与龚之方策划分不开。尤其是《假凤虚凰》是讲理发师的，引起了这个行业人士的抗议，说把他们丑化了。一时间好像风波大起，又不知怎么平息的。后来我想，这可能也是一种故意制造的宣传手段，以引起观众的兴趣。龚之方肯定参与其中，后来同他熟了，忘记了问他，很可惜。

我很早就知龚先生。但我认识他，他不认识我。《亦报》创刊初期，经济状况不差。凡有北京来客，龚之方总在劳合路上的九如菜馆宴客。我也常去九如，总会遇到龚先生用牙签剔着牙齿，满面通红地从楼上下来。九如是湖南馆子，经理郁锺馥女士是梅派名票，凭她的交际手段，一些工商界、文化界人士都成了九如的座上客，或小吃，或请宴，郁经理总要亲自到你桌上来叙谈一番。记得侯宝林初到上海，有两次人家请他吃饭，也在九如。京剧名角常在九如出现的如言慧珠、童芷苓等，就更不用说了。

我正式与龚之方接触，始于1951年下半年，经上面授意，《亦报》与《大报》商量合并事宜，我是《大报》的谈判代表之一。但谈来谈去最后总谈不拢。龚之方后来对我说："报纸如不能并，我打算另外想法把你挖过来！"转眼到了1952年，全国开展"三反""五反"运动，市面萧条，《大报》的经济情况越来越不行，就先主动停刊，以示向《亦报》投靠的诚意。大概停了三四个月吧，《大报》全体终于进入《亦报》，只有陈蝶衣没有跟过去，说是另外设法。但是好些日子过去，陈蝶衣究竟怎么安排，毫无音讯。陈蝶衣忍不住，跑到当时的上海文委去问。接待的人对他板着面孔说："我们现在对知识分子还算是客气的。"陈蝶衣一听，心下忖度："现在客气，是不是意味将来要不客气了？"回去再三琢磨，觉得还是远走为上，正好他的妻子到香港去探亲了，于是他也到公安局打了路条，去了香港，就此以电影编剧、歌曲作词家的名义终老香港。他去世的那年，离他实足活一百岁，只有几天。

《亦报》的新址在南京东路大陆商场（慈淑大楼）内，原是一家私营商业银行，它关闭后，由《亦报》盘了下来。内分两层楼，楼下是经理部，包括财会、发行、广告等部门。社长室在楼下最西部（原是银行经理室），里面有两张大写字台，龚之方坐一张，另一张空着，原本是给总编辑唐大郎坐的，但唐大郎不愿坐，他坐到楼上与二三版编辑胡澄清面对面。这个"楼上"其实是银行用大理石砌的阁楼，没有砌满，沿着门面砌了一道栏杆，上面的人要与楼下的人联系，只要把身子稍微伸出来一喊就行。

采访部当然也在楼上。我每天上班，要经过柜台里面会计科两位仁兄的座位，后来开展思想改造运动，我做检讨最大的问题就是骄傲。这两位仁兄说我从不理睬他们，真是冤枉，我明明是嘻着脸上楼的，怎么说我板着脸呢？

之方当然坐在那间社长室内，不过他嫌一个人冷清，常常坐到外面大堂里来。当时《亦报》有几位记者到华东新闻学院学习（其实是去镀一层革命的"金"）后，突然变得出人意外地进步起来，他们私下计议，要在《亦报》也发动"三反"或"五反"运动，后来一问上面，说报社的改革另有打算，不搞"五反"，他们也只好算了。

唐大郎曾私下和我说笑话，说如果《亦报》搞"五反"的话，龚之方一定过不了关，说不定他一个人关在小房间内会自杀。

有一天下午，电影明星刘琼路过这里，顺便弯进来看看。他当然被请到社长室就坐，唐大郎也来不及地下楼去会晤他。

在报社内，之方是上级，是老板，我当然对他要表示一定的尊敬和距离，平时很少搭讪，但私底下我们还是很亲近的。有一天晚上他在家请客吃螃蟹，有孙景路、侯宝林等，大郎自然也是少不了的，而下属中就叫了我一个人。有一天晚上，新闻版的陈亮请假，就由之方代编。那一天正好是国庆假日，我写了篇人民广场群众舞蹈的特写，交给之方，他只略微看了一遍，就一字不改地发到排字房了，连标题也是用我自己拟的。

新闻界的思想改造运动终于在秋后开始，时间不过一个多月，就宣布结束。《大公报》迁往天津，《文汇报》改为《教师报》；《亦报》停刊，部分人员进改为公私合营的《新民报》，其中有我，也有大郎，他将在《新民报》任编委兼管副刊。之方则去了北京的《新观察》杂志。其实他也可以进《新民报》，当然也是领导成员中的一员，但他不愿意。《新观察》主编戈扬和她的丈夫胡考是他的老朋友。戈扬需要之方去做她的帮手，北京还有他更多的老朋友如吴祖光、丁聪、徐淦等也盼望之方去了大家可以更加热闹一些。因此他后来连家眷也搬去了，上海的房子也白白地还给了公家，算得上是"连根拔"，决心之大，可以想见。

直到"文革"以后，之方才跟我说了实话，"思想改造"运动并不一定要《亦报》停刊，还可以再办下去，因为《亦报》此时的声望不差，销路也接近三万份，比《新民报》还多，经济情况也过得去，但他不愿再背这个包袱了，"资方"的身份也不想保持下去。他说："我算什么'资方'？当年办报的资金都是几个朋友凑起来的，但现在说起来总是归入'资产阶级'，低人一等，我不情愿……"

大郎进了《新民报》后，被聘为编委，但此时的阶级成分也是"资方"，直到三年之后，他才被允许加入工会，算是"工人阶级"中的一员了。

之方到了北京后，开头的表现确实不同于往年在上海的那种样子。他写信给大郎，说北京的评剧怎么怎么好看，回顾上海的一些地方戏，便觉得毫无意味，云云。大郎看了，对我说，你看之方，完全变了，我看是"假的"，说的都是违心之论，我就不相信……

之方此时在《新观察》担任的是什么职务，我不知道。近年看到一些照片，有一张是之方一个人坐在牛车上在打瞌睡，到一个什么偏远的地方去采访，只能坐这种牛车去，路上是很辛苦的。这张照片说明之方在《新观察》的工作还是偏于采编方面，不是什么高层的领导，但很受戈扬的器重，他本人也很能吃苦……

1956年上海有关方面庆祝京剧武生泰斗盖叫天老先生七十寿辰，之方来信要我为《新观察》写一篇特稿。我自然不敢违命，用真名吴承惠写了《学到老的演员》一篇，刊登出来后，之方来信赞赏有加，开稿费七十元。我到邮局去取时，柜台里的人问我这是什么钱？我回说是一篇稿费，那人连说："有这么多，抵我一个月的工资了。"这篇稿子收在我近年出版的《采访盖叫天》一书内，算来竟是六十年过去了。

之方又介绍《新观察》的一位采访主任黄沙先生来找我。黄沙在上海待了好些日子，我同他见过好几次面。记得有一次是去看正在上海的曹禺先生。"反右"开始后，曹禺先生没有什么事，黄沙的这次采访却成了他的一大罪状。幸亏我当时只是默坐一旁，没有插嘴，也许在曹禺的记忆中已经忘了我这个人，否则的话，如曹禺先生把我一提，我可吃不了兜着走。

后来之方还是被打成了"右派"，好像戈扬乃至连她的丈夫胡考也难逃此劫，《新观察》这本杂志彻底变样。我只晓得之方被发配到甘肃还是青海去了，也真够他受的。我当然也是在劫难逃，还好，只在奉贤乡下劳动了不到两年，又回上海《新民报》，摘帽后仍旧做记者。之方呢？问大郎，他也不清楚。我只是担心，之方总不会客死在西北的边陲吧，我只有在心里默默地祝他平安！

过了不久，消息来了，之方不但回到了北京，摘了帽，而且担任了香港《文汇报》的驻京记者。原上海《大公报》经理潘际坰任香港《大公报》驻京记者。我听了，为他高兴之余又不胜感慨，之方毕竟是"老法师"，路子多，暗中帮他忙的人还是有的。后来再打听，主要还是夏衍的力量，他通过廖承志的关系，为之方觅得了这样一个好差使。我敢说，在"文革"前那几年，之方的日子过得比在《新观察》还要好。所谓"驻京记者"，其实就是他一个人的天下，只要不断地有稿子寄去，包括他自己写的和约请他人写的，再发些不是公开的内部消息（即内部参考），就算完成了任务。而且上班下班没有什么约束，全由他自己安排。当然，之方这人还是懂得分寸的。他在国内的组织关系大概属于中国作协。

他那时几乎每年都要到上海来一次。我不知道他在上海找过哪些老朋友，但漫画家江栋良是其中之一，有时还住在江家后面那个小房间内。之方给香港《文汇报》写专栏，插图总是江栋良的"外快"。江栋良那时是上海人民美术出版社的职工，每月有固定的收入，但江家的儿女多，江栋良本人用钱又无节制。江夫人为此愁眉不展，唉声叹气。正在此时，龚之方找上门来了，有活儿给他干，也等于有钱让他赚了。江夫人每每与我谈起这一点，总感激之方不已，说他没有忘记老朋友。

还有画家张乐平，之方也去找他的。乐平这个人就是这点好，对于在"反右"运动中受到冲击的朋友，见了面，一点没有隔阂，从前是怎样相处的现在还是这样相处。他和之方的交情大概从抗战前就开始了，彼此的底细都是一清二楚的，现在又怎么好意思变脸？

当然，变脸的人还是有的。就不去说他了。

之方在上海还有一个时常要找的朋友，那就是我。原因一：我也是"摘帽右派"，大家难兄难弟，见了面，自有一种"亲切"之感。

原因二：约我为香港《文汇报》写稿。他甚至希望我能写一个专栏。我想了又想，觉得没有把握，算了，就写些散稿。我现在常用的"秦绿枝"笔名，最早是出现在香港《文汇报》上的。记得我写的一篇是玉石雕刻"珠穆朗玛"的报道。

原因三：从我这里再找些他可以采访的题目。他也要写，不写就没有稿费，单靠工资，他是不够开销的。

原因四：我还有些路子可以利用。比如听评弹，听哪位最有新闻价值？我约略可以给他一些参考资料。

我们那时常在一起吃老酒，当然也常有人请他，有的我也参加。没人请的时候，之方就买些鸡头鸡脚之类到我家来对付一顿。那时我只有一个年迈的老父亲，说话用不着顾虑什么，随便得很，但我家徒四壁，确实简陋寒酸。

这时，之方和大郎的来往好像生疏了，也不知什么缘故。我猜，他们俩过去的亲密关系，现在反而形成了障碍。之方在"反右"中倒下来了，大郎侥幸没有倒。但也是在提心吊胆地过日子，不想再找什么麻烦。我听说，之方在去西北改造之前，因为穷，曾经找大郎商议过。大郎建议他还是写信给香港的吴性栽，或者可以得到一些长期的援助。信写过去，吴性栽本人倒是答应了，但他在上海的两位代理人说话很难听，之方负气，就此作罢。

之方有时不得已到《新民报》来办事，报社有他的那么多老朋友、老同事，但他一个也不叨扰，吃饭时宁愿坐到报社大门对过的那个小摊头上去。有人告诉我，我连忙下楼去找，之方笑着对我说："你让我自由些好不好？"

有一次记得他和潘际坰一道来上海，拣了个日子潘际坰和龚之方各自代表他们的报社，在南昌路"洁而精"川菜馆宴请上海的作者，据我观察，其实是潘际坰一人会的钞。席上没有唐大郎，而有黄裳，当然也有我。很明显，大郎是避嫌疑不来了。

"文革"爆发，唐大郎也被揪出来进了牛棚。有一次开批判会，造反派要唐大郎交代龚之方每次到上海来有什么活动，有个造反派说："龚之方是个特务，已经被抓起来了！"大郎回说："他到上海来都不找我，他找的是吴承惠……"这也是事实。但那个造反派纯粹是胡说，在吓人，龚之方并没有被抓起来。这个造反派是个年轻的小伙子，他原来是吴性栽店里的一个厨司的儿子。解放之初，那个厨司哀求龚之方，把这个小伙子弄进了《亦报》，在上级工会里入了团，也随着进了《新民报》，在群众工作部做一点登记读者来信来稿的工作，大小是个干部，现在也神气起来了。

虽然知道批斗会上的恫吓语言靠不住，但我听了心里也难免有些七上八下。龚之方确实又在"文革"初期到上海来过。他那时大概也是个"逍遥派"，斗争的矛头还没有落在他身上，香港的稿子还在写。在上海，他如今唯一可以找的朋友恐怕就剩我一人。后来他回北京，还互相通信。他把北京出版的一些造反派小报先寄给我看，我看过了，再转寄给他在苏州的儿子龚大胜。我在上海搜集的一些造反小报，就直接寄到北京给他。如此持续了一个短时期，形势越来越对我们不利。我进了比"牛棚"待遇稍好一些的"羊棚"，也属于有问题的人在等待审查。那时工宣队已经进驻，常常召集晚报的人开会训话，一说起来总是："晚报的敌情非常严重，有人已经把我们的内部情况捅到海外去了……"这明明指的我与龚之方互寄造反小报的事。想想真是不可理喻，明明是在马路上公开贩卖的东西，怎么成了"我们的内部情况"！反正随它去吧！该来的总要来，杀头枪毙躲也躲不了！

奇怪，直到宣布我被分派到南京梅山炼铁基地劳动，家门口还贴了红纸喜报，也没有找我追问造反小报这件事。此时我忙着打点行李动身，心中悬念的是我那孤身在家的老父，朋友们现在如何，之方现在如何，都无暇多想，日子就这样过下去吧！

我们是 1970 年 1 月到达梅山的，住在用竹木芦席搭成的草棚内，一个房间内要住好多人，睡上下铺，我睡上铺。参加的是基建劳动。去了不久就要过春节，但工地领导号召大家不回上海，在工地上过革命化的春节。后来才知道这事也有背景，是林彪擅自发布了什么一号通令，号召全国备战，就来不及地把我们赶到南京工地上来了。其实所有来的人中，各有各的路子，有的已预定了要当个什么"头头"，有的凭这样那样的关系，在春节前一两天都悄悄溜回到上海。春节后再在工地上露面，又是一副神圣不可侵犯的样子，因为中央的姚文元写了文章，又要开展什么的"一打三反"运动了。

春节过后，我积累了十天假期，回上海看了老父。他有点凄凄惶惶地舍不得我走。但是假期一满，我无法再留。好在由我抚养长大的外甥女儿在华师大毕业分配到重庆，打算过两个月回来筹备婚事，好陪外公一段日子。果然，外甥女儿回来后，想尽各种借口，拖了两三个月，最后不得不择定行期，也要走了。谁知就在此刻，老父突患中风，送进了医院。外甥女儿打电报到工地，我乘夜车赶回。我到医院看望他时他的神智还有点清醒，抓住我的手，哭着说："我对不起你啊！"然后嘘了一口气，好像儿子在身边，他放心了，便昏昏睡去。到了下午，忽然拉出了黑紫的血，叫医生，马上注射含有鸦片因的针，但此时父亲好像迷迷糊糊地又醒了，抓住我的手，紧紧地握了一下，终于走了！

父亲一死，外甥女儿一走，家里就没有别的人了。有人趁机想同我换房子，我真是说不出的心底透凉。这人平素好像很关心我，现在却露出了真相，他大概已经吃准我今生今世，老死南京，不会再回来了。我回说这房子外甥女儿要派用场，她今年底或明年初要回来结婚，以后再说吧。他当然不高兴，就此和我断了往来。那也无所谓。他其实是看我低人一等。又因为学过戏，在戏班子里混过，染上那种说翻脸就翻脸的习气也是很自然的。

我把空落落的家打扫了一遍，然后锁上门，放一把钥匙在隔壁沈静华大姐的手里，托她照顾一下，就又动身回南京了。沈静华大姐是我外甥女儿未来的婆婆，他儿子何志明（复旦大学数学系毕业）跟我外甥女儿好上了，如今算是亲戚了，空房子不托她照看，又能托谁？

到了工地，气氛大变，大家都板着面孔，准备着斗争来临。究竟斗谁？不料竟是我们晚报的原编委"右派"梁维栋。他到工地后说了些什么呢？其实也没有说什么，只故意避开政治形势，说了些南京的风景名胜啊，出产的樱桃啊什么，完全言不及义，不料被一个也是晚报"右派"的老兄打小报告，说他是故意用这些吃吃喝喝的话来瓦解大家改造的斗志，就是姚文元说的"软刀子割头"，再经别的人一分析一上纲，我们这个连部终于"挖出一个阶级敌人来了"……一时弄得形势颇为紧张。其实是当时领导我们的那些人为了紧跟形势讨好再上面的领导，显示出我们是"革命生产两不误"，是"狠抓阶级斗争""狠抓自身改造"的。这股风刮了总有半年，梁维栋算他倒霉，无缘无故地吃了一些苦。一个担任过小头头的人后来终于跟我说了一句良心话："看样子现在要爬上去只有靠搞阶级斗争，找活该要倒霉的人斗！"

梁维栋的事后来也不了了之。那位打小报告老兄也被批过一阵子，详细情况不明，因我已与他分开，正式上岗位了。有一天走过他劳动的地方，看见他身后的墙上贴着批他的大字报，不暇细看，也怕惹火烧身，急急离去，不管他了。

工厂初步建成，正式进入工作岗位后，日子过得倒也安定起来。我们上工的时间分早中晚三班，每班做一个星期，再轮流调换。上了班也不过是坐在那里，看着皮带的运转，有时在岗位上四周兜兜，这里看看，那里望望，下班时把岗位上打扫一下。和我搭班的是附近乡村的征地工，他们下班后回家还要干地里的活，所以上班便抓紧时间休息躺在椅子上睡大觉，又觉不好意思，对我说："你多照应一下，待会儿下班打扫我们来！"这样配合倒也默契，彼此相处得也很不错。逢到星期日，我也不休息，因为班上老是缺人，便由我们来顶。逢到国定假日也不休息，积累下来的假期，一股脑儿拿到回上海的时候用掉。算起来，我每年可以回两次上海，一般是上下半年各一次，每次可以耽搁半个月左右。不回去想回去，回去了又觉无多大意趣，一个人，经常还要忙吃的，老是去叨扰朋友也不好意思。总之，一种孤身无依的凄寂之感那几年我是尝够了。幸亏这时有朋友来找我了，一个是唐大郎，还有一个就是龚之方。现在龚之方本人也退休了，和家里人一起住在苏州，他也是个闲不住的人，经常有北京的朋友路过苏州时去找他，他则一心牵挂着上海。上海才是他的

47

发祥地，只有上海才能提供他肥料、水源和氧气。他从大郎那里知道了我在南京，但上海还有房子还有家，便写信给我，一是以后如果从南京回上海，或是从上海回南京，何不先在苏州下车，待个一两天，大家碰碰头，说说心里话。此言正合吾意，于是在1973至1975年间，我每次休假后从上海回南京，必定先在苏州停一晚，住之方家，第二天早上再走。每次到苏州后，总是之方来车站接我，先到他家放下行李，即去网师园喝茶，拣一个僻静的角落，随即低声闲扯，可以说是无话不谈。谈到下午四五点钟，又一同踱回之方家，晚上随茶便饭，有啥吃啥，睡觉更随便，有一次睡的竟然是地铺。之方现在的退休金有限，一切开销都是预算好的。街道里弄对他还算看得起，里委主任有什么文字上的东西，要之方帮着搞搞。他夫人也能从里弄中弄点手工做做，赚点小钱，贴补家用。

有一次之方来信向我提出要到上海去看看，但是没有地方住。我就说，就住我家好了。连忙写信给我隔壁的亲家母，请她们帮忙安排一下，一切停当之后，之方去了，住得倒还满意。遗憾的是我们那个里弄没有卫生设备，大小便还是拎马桶。之方不习惯，小便可以到弄堂的小便池去解决，大便只好跑附近的复兴公园门口的公共厕所，逢着下雨又便急，就有点尴尬。虽然如此，之方竟也住了个把月，跟我家的左邻右舍都混熟了。这次他在上海看了好多老朋友，经常有大郎陪着，大郎在信中向我诉说："不胜追陪之苦！"

1975年春夏之交我由上海去南京销假的一次，竟在苏州过了两个晚上。这天上午改去沧浪亭吃茶，在一条面对池塘的走廊上，看看四周茶客稀少，之方和我并坐一起，谈了好多小道新闻，其实也不是小道，后来证明都是事实。之方的路子还是比较多，一些北京的老朋友到苏州来都要找他，比如张正宇、黄永玉等。之方家里挂着黄永玉送他的一幅画，上题："平生不善酒，总为沽酒愁，一到花时节，百遍龚苏州。"我是全凭记忆，其中可能有错字，但大意是不会错的。

此次苏州之行让我有个预感，就是这种忧闷的日子快要到头，看到一些希望了。

果然，1976年春节前，我调到上海金山石化一厂。虽然远在郊区，总算又踏入上海的地界了。

这一年，毛主席、周总理、朱总司令相继去世，唐山爆发了大地震，北京天安门发生了抗议集会，最后是"四人帮"倒台……这一切，预示着整个中国的大演变、大转机……

我个人的生活也有了改变，终于遇见了我现在的妻子，我们于1977年1月正式结婚，至1978年8月生下了给我带来好运的女儿。然后"右派"改正，调至上海文艺出版社创办《艺术世界》杂志，等等。之方也为我欢喜，他自己也很兴奋，因为他的"右派"问题也解决了。他去了北京，找老关系，看老朋友，看样子他这个人还是蛮吃香的。他正在等待一次决定，就是香港《文汇报》还是会任命他做驻内地的特派记者，不过驻地是上海，而不是北京。他希望香港《文汇报》能在上海给他找间房子，作为他的办公地点，同时也可以住宿。起先联系的结果，似乎问题不大。

当年任香港《大公报》驻京记者的潘际坰已经到了香港，进《大公报》编"大公园"副刊，唐大郎又用"刘郎"的笔名写"闲居集"的打油诗了。巴金先生开始在《大公报》发表他的"随想录"，黄裳、李君维等也时有散文在《大公报》上出现，就连我也在潘际坰的罗致之列，发表过几篇短文。

就是龚之方的希望迟迟还不见落实。

后来听唐大郎告诉我：人家是在考虑你龚之方一个年近七十的老头，让你一个人独撑一个门户，万一生起病来怎么办？

原来那个专栏还是照写不误。

这些事情，之方都没直接告诉我。但我看得出他心里是很失落的，毕竟时代不同了，原来主持香港《大公报》的主要领导换人了。

何况之方已经退休。组织关系在国内，这层关系打不通，你再想回去享受像以前一样的待遇，是不大可能的。

因为还要写那个专栏，之方不得不经常来上海找题材。这就要为住在哪里伤脑筋。我这里不好住了，头两次只好住江栋良家，但江栋良患有严重的肺气肿，身体越来越不好，竟至病故。之方不得不另想别法，我默数了一下，他先后住过五原路原上海雪园老正兴老板姚肇华玄采薇夫妇家，住过长乐路胡芝风父母家，住过原上海舞国皇后管敏莉家，住过上海小报界的元老汤修梅家，等等。其中住得最舒服的我认为是胡芝凤父母家。她的父亲不姓胡，姓罗（我们叫他"罗老"），有钱，曾经是周信芳的私人秘书，住的是一幢房子，二楼有空着的小房间，正好待客。但罗家人太客气，招待殷勤，之方出外访友，常常弄得很晚才回去，主人不免要等，之方觉得于心不安。有一次在朋友家聚餐，吃炒鸡杂，不小心有一根小骨头嵌进喉咙，夜里不能睡觉，罗家的人半夜里陪他上医院。这一来给了之方一个很严重的警告，毕竟上年纪了，身体一年不如一年了，所以此后也很少来上海，直至终老在家。

胡芝凤原本是个大学生，因为爱好京剧，竟然拜了梅兰芳，正式下海。但她始终没有能进北京和上海的剧团，只得屈居为苏州京剧团的台柱，并嫁了一个武二花。后来苏州京剧团倾力排演了一出《李慧娘》（即《红梅阁》），几乎把京剧所有的绝技都用到这部戏里去，果然大受欢迎。《李慧娘》被拍成了彩色电影，胡芝凤也得以率剧团到意大利去献演，赢得了很大的荣誉。遗憾的是难以为继，胡芝凤下一部能与《李慧娘》比肩的戏却始终没有搞出来。她有一个很大的致命伤，就是嗓子不行，大段的要显功力的唱她应付不了。但她有文化，有理论基础，最后为老领导张庚所赏识，索性进中国戏曲研究院当研究员去了。

龚之方对她是力捧的。他也授意于我，我则尽可能在自己编辑的版面上让胡芝凤"露脸"。她的确也能写文章，有一篇《三呼李慧娘》，讲拍电影时，导演刘琼的处理手法，我放在版面的头条位置，是很引人注目的。

之方也捧女弹词家邢晏芝。她和哥哥邢晏春合说的
《杨乃武》一时红遍江南一带。唐大郎也是邢晏芝的"粉
丝"，直到进医院的前一天，还想撑着病体到当时邢晏芝
演唱的静园书场去听书。邢晏芝家住苏州，在苏州市是数
得上的名人，曾任苏州市评弹学校副校长。龚之方也住苏
州，常有来往。如上海有什么朋友去了，邢晏芝作东请
客，总把已住进养老院的龚之方请去，让这位晚年寂寞的
老人出来散散心。

　　龚之方晚年有两大不幸。一是老伴沈依云女士突患白
血病先他而去。二是子女未能尽责。他最看重的是那个患
有残疾的儿子龚大胜，在摆弄半导体、无线电等方面颇有
天赋。"文革"以后的八九十年代，龚大胜做到了厂长的
地位，之方自老伴死后就一直和大胜夫妻住在一起。但是
有一天龚大胜的老婆突然向之方提出："爸爸，你有好多
子女，也应该让他们对你尽点责任了（大意）。"之方无论
如何也想不到这位能干的媳妇会说出这样的话来，这分明
有下逐客令的意思。别的子女那里当然也可以去托身，但
绝非长久之计。他后来只好住养老院，这是他绝不情愿
的。他从来潇洒惯了，说来就来，说去就去，家里有夫人
照料，绝不要他烦心。现在剩下孤身一人，虽有子女却再
也找不到那种可靠的归宿安身之感。邢晏芝曾经打算为他
再物色一位老伴，竟无适当的对象。他后来找了一个阿姨
可以照顾起居，却始终不能称意。之方有之方的脾气，早
先他在家里是说一不二的，只有沈依云夫人能够理解他。
失去的常常会令人感到是宝贵的，现在之方这方面的失落

之感，增加了他老年的悲哀。

龚之方的身体一向是好的，七八十岁的人还是满面红光。他在上海的日子，每天不知要跑多少人家，看多少朋友，但从不见他有疲劳的样子。他喜欢喝酒，但酒后的样子常令人不安，满面通红好像已醉得不成人形了，但他一点也不在乎。到了上世纪90年代下半期，之方别的也没有什么，就是两条腿不听唤，不大走得动路了。有一天，我陪美国来的管敏莉女士（大郎的义妹）去苏州，落脚在邢晏芝开的面馆里，她把龚之方也请来，中午吃面，面浇头是焖肉、炒虾仁等。之方连说："我要吃肉，壮的。"

之方一生也写了不少随笔、杂感之类的文章，到了老年，他其实有几样可以作为历史流传的作品来写：一是柯灵要他写的小报史；二是上海三四十年代的电影史；三是曾经名噪一时电影界大亨张善琨的传记；四是海派连台京剧的兴起。之方本人也颇跃跃欲试，他对我说："我想写，又怕完成不了，还是你来执笔吧，或者你帮我写，我把我所晓得的都告诉你，你再去查资料……"说是这样说，此事终未实现，没有了之方，我一个人是完成不了的。

之方去世的那年是九十岁还是九十一岁，平常也没有听说他生什么大病，忽然说走就走了。我想，一个人个性再强，终违反不了自然规律的运行，从无到有，再从有到无，想穿了，也没有什么好伤心的，现在眼看就要临到我头上，我竟糊里糊涂地也活到九十一岁了！

初稿完成于 2017 年 7 月 21 日大暑

祖光去了那个社会

　　北京的女歌唱家吴霜在2017年4月和5月的《新民晚报》副刊上，先后发表了她怀念亡故的父亲吴祖光、母亲新凤霞的文章，读了颇有感慨。并由此知道2017年是吴祖光的冥诞一百岁，新凤霞比他小十岁，2017年是九十岁。如果真有天国的话，那么他们这一对真的称得上是"神仙眷侣"了。

　　曾经有人说我和吴祖光是"至交"，这个不敢当。我只是在1946年和1947年之间，吴祖光还在上海《新民报（晚刊）》当"夜光杯""夜花园"编辑的时候和他来往得多一些，承他不弃，并没有看轻我这个新闻界的学徒。后来他就到香港去了。大陆解放后，吴祖光定居在北京。我一度也有希望去北京，因为1956年《新民报（晚刊）》经过改版后销路上升，报社负责人就打算在北京设立记者站或办事处。当时报社内外的朋友都认为我去当驻京记者最合适，但此事一直在考虑之中，并未实现。假使我真的到了北京，吴祖光那里我肯定是会常去"串门"的。放到"反右"时期，肯定也会被列入"二流堂"小家族的成员，处理起来肯定不会轻，多半是流放到边塞。我父亲在世时常心有余悸地说："当年你要是到北京，说不定以后就见不到你了。"

话扯远了，再捡回来，谈谈我是怎样认识吴祖光的。这里可以用八个字来说明我和他的渊源："未见其人，先闻其名"。

"先闻其名"，是吴祖光的两部剧作《正气歌》（又名《文天祥》）和《风雪夜归人》，在抗日战争胜利前两年已经在上海演出过。我记得《正气歌》是在兰心大戏院看的，演文天祥一角的是话剧演员张伐。《风雪夜归人》是在京都大戏院上演的，演主角魏莲生的是卫禹平。京都大戏院后改名瑞金剧场，已于前几年拆毁。这部戏我没有看。那时小说《秋海棠》改编为话剧后正在上海"红"得不得了，《风雪夜归人》的剧情跟《秋海棠》差不多，相形之下，人们的兴趣就淡漠了些。但是有关的内行都认为《风雪夜归人》的格调要比《秋海棠》高，我也同意，因为我后来看了吴祖光送我的书，内有《风雪夜归人》，说是剧本，其实是散文，清新有味，由此而知道吴祖光的文章也写得好。

抗战胜利后，吴祖光到了上海，他并不像某些从重庆来的人那样，趾高气扬，看不起一直在沦陷区的人，好像他们都跟日本人有着这样那样的关系似的。相反，吴祖光很快就融入了上海朋友的圈子，对海派的行事风格毫无隔阂。这也与他的一个好朋友，或者可以称为搭档的漫画家丁聪很有关系。丁聪是地道的上海人，他父亲老画家丁悚是上海文化界的前辈，丁聪从小就认识了好多海派文人。

比如有"江南第一支笔"之称的唐大郎喜欢京戏，尤其痴迷麒麟童，自己也经常吊吊嗓子，早先给他拉胡琴的就是年纪还轻的丁聪。唐大郎开起玩笑来总是说："小丁是我的私房琴师。"

吴祖光到上海后，丁聪自然也早就回来了。丁聪很快地拉着吴祖光去见了唐大郎还有龚之方这两位不能不见，又不能不结交的朋友。用吴祖光的北京话说起来："龚之方和唐大郎是一副'眼镜儿'。"就是搭档的意思。他们果然一见如故，交谈愉悦，其中最关键的一点就是坦诚，喜欢什么，厌恶什么，一点也不掩饰。尤其是唐大郎，常常是快人快语，让你听了先是有点惊愕，旋即感到欢悦，因为他简直是说到你心里去了。吴祖光曾经跟我谈起唐大郎这点为人特色时，也总是带着会心的微笑。

龚之方和唐大郎在1947年办过一本综合性的杂志《大家》。第一期就有吴祖光写的一篇文章：《我不能忘记的一位演员》。演员是谁？就是唐大郎。内容是讲唐大郎一次票戏所闹出的一些笑话，从而谈到了唐大郎的为人。文章附有丁聪用寥寥数笔就勾画唐大郎演黄天霸戏装的漫画像，极为传神。后来这幅像就成了唐大郎的"商标"。

龚之方和唐大郎还用"山河图书公司"的名义办过一份文学期刊《清明》，大概1946年就出版了，不定期，主编就是吴祖光和丁聪。《清明》的编辑部就放在共舞台前楼顶层的一间外人不易察觉的房间内，这原来是共舞台老板张善琨的私人"密室"，兼办公、休息、会友，乃至打麻将之用。室内有沙发，有床，有餐桌，有写字台以及顶灯、壁灯等，布置得很是考究，不过现在看来就感到有点俗气。张善琨这时已去了香港，他把这个房间的钥匙就交给龚之方代为保管。龚之方在共舞台有职务，负责宣传工作。共舞台在《新闻报》《申报》刊登的连台本戏广告，内容很是吸引人，就出自龚之方的手笔。

吴祖光带我去过这个"编辑部"。我看了，嘴里不说，心里暗暗有些诧异：就这么一张小小的红木写字台，文具灯具等都很考究，还有锃亮的玻璃台板，好像不适合一个文人涂抹笔墨之用。后来知道这就是张善琨的私人办公桌，他坐在这里顶多写写便条，并召见下属谈儿句话，多半时间或许是坐在麻将桌上。

《清明》只出过有限的几期，所以主编的工作不太繁重，吴祖光看稿审稿多半在家里，到"共舞台"来只是将每期的稿件最后归拢一下，每次来待的时间也不长。至于丁聪在什么地方什么时间画样排版就不清楚了。

我有大胆的猜测，《清明》的出版也是一种掩护的措施。对吴祖光有知遇之恩的夏衍那时在上海做地下工作，每有必要和地下党员开会，就安排在《清明》编辑部这间顶楼内。夏衍很喜欢这个地方，认为闹中取静，隐蔽性极好，不易为人觉察。万一听到什么风声，大家疏散起来也方便，一下子便在人流中消失了。

吴祖光并不是党员，但他倾向进步，对党的感情是很亲密的。我想，有夏衍的关系，他也有可能利用自己这个剧作家的身份，为党做些党不便做的联系工作也是义不容辞的。

我第一次见到这位外号"神童"的剧作家，是1946年在《世界晨报》圆明园路经理部经理冯亦代先生的办公室内。吴祖光来找冯亦代谈什么事情，也不坐下来谈，就站在亦代的写字台前面叽里呱啦地说了一通。他穿着藏青色的西装，并没有打领带，说话时神情生动。我和一个朋友当时也在办公室内，一旁看着，为之神往。不一会，祖光走了，我的朋友说："他本人（指祖光）就是戏！"

《世界晨报》因经营不善，销路不好而停刊了，但冯亦代先生对报社内几个青年采编人员仍旧关怀备至。比如我，那时还很幼稚，写的稿子也不怎么成熟，仍介绍我向《新民报（晚刊）》《联合晚报》的副刊投稿，多少赚几个稿费作为零花钱，省得向家里的大人开口了。

吴祖光在重庆时就为《新民报》编副刊"夜光杯"，毛泽东那首"沁园春"就是他编发的。现在来上海，起先还是编"夜光杯"，可不久，他在版面上闯了个祸，有人写了一首"冥国国歌"，仿的是国民党国歌。吴祖光觉得有趣，就发表了。这下招来国民党有关机构的大怒，问罪《新民报》，亏得报社老板陈铭德先生善于调停，答应撤换有关编辑，这才罢休。其实陈铭德不过耍了个花巧，是将吴祖光调任副刊"夜花园"的编辑，而将原来编"夜花园"的李嘉先生改编"夜光杯"。李嘉先生不但中文好，还精通英文、日文，与冯亦代是好朋友。我起先向"夜花园"投稿，就是李嘉先生审阅的。后来李先生任国民党中央社驻外记者，到了日本，就此长居海外。

"夜花园"顾名思义是文艺版，兼有娱乐性，由吴祖光来编，当然也是出色当行的。蒙他的赏识，我也算是"夜花园"的基本作者，写过一些至今看来要脸红的稿子，我一篇也没有留存。当时我可是非常当回事，每写一篇，必亲自送去。祖光不坐班，只每天下午二三点钟到报社，看一下昨天编发的大样，再编发今天的稿子，在报社耽搁的时间或长或短，短的只待两三个小时就走了，长的也不过待到吃晚饭的时候，多半是因为有朋友来而耽搁了。有一次我就碰到秦怡来访。秦怡的妹妹秦雯那时在《新民报》做校对，后来才改行拍电影的。

有一次有人在别的报纸批评"夜花园"内容太软，不够"革命化"。我看这个人的用意其实是针对吴祖光的。李嘉编的时候你也没有说什么，怎么吴祖光一接手你就骂起山门来了。吴祖光随即写文章予以回击，文章就是在报馆里写的，当时我也坐在编辑室。写到最后结尾处，祖光念给我和另外一个朋友听，大意是"……某某先生夜游大上海，误闯'夜花园'，不辨途径，引起了一场虚惊……"我们听了都哈哈大笑。祖光最反对动不动就摆出一副"左"的面孔，也不问当前的现实和环境，宣讲革命的道理也要讲究方式方法，像《新民报》这样的报纸，要争取最大的读者群，文章写得硬邦邦的，有谁爱看？现在想来，我从事新闻工作的理念，是在吴祖光等一些谊兼师友者的熏染下，才慢慢地形成的。

当然，吴祖光的本业还是戏剧创作。但是，已经有《正气歌》《风雪夜归人》《少年游》等名作在先，吴祖光要再写一部至少不输于自己以前写的作品，也是不容易的。他在上海的三年左右的时间内，写了一部讽刺剧《捉鬼传》，这是用古代神话钟馗捉鬼的故事影射国民政府的。这部戏的舞美设计是他的老搭档丁聪，人物形象是漫画式的。在当时的爱多亚路（今延安东路）光华大戏院上演后，看是有人看的，但并不怎么轰动，人们对吴祖光的期待并未得到满足。我认为这也很正常，再有名的作家写出来的东西也不见得部部都好。我看过这部戏，只觉得作家的笔触有些表面化。演员也很难把握，既要让人笑，又要让人思，还不能流于滑稽，太难了。

忽又想起，这部戏演出地点好像是在兰心大戏院，不是光华，且存疑于此，有待考证。

祖光还写过一个电影剧本《公子落难》，他把写的故事梗概给我和散文家何为看了。我们有些疑惑，觉得"公子落难"是不是有些俗套？全剧讲的就是一个富家子因为好赌而落魄的故事。祖光懂得我们的意思，就说："这戏如果叫'落难公子'，就死了，现在叫'公子落难'，又活了起来。"我们听了，似懂非懂，也不想多问，反正剧作者一定大有深意，绝不像剧名那样简单。

有一天晚上，我到江苏路祖光家去串门。那时他还没有同前妻吕恩离婚，她在打毛线。祖光则坐在写字台前，旁边坐着佐临先生，原来他俩正在商量《公子落难》怎样分镜头，印象是佐临说一句，祖光写一句。我顿时感悟，这部电影有佐临来把握全局，错不了。

那天晚上还有这样一个小插曲，他俩谈着谈着，忽然瞄到了我，说我笑起来眼睛就眯成一条缝，有漫画色彩，可以在这部电影里客串一个镜头，就是当我和公子对赌时，赢了，就两手一撸，眯笑着把公子的筹码全部撸了回来……当然这也是随便说说的，这部电影也没有拍成，因为祖光要到香港去了。

祖光到香港，好像是接受某电影公司之邀，去拍《风雪夜归人》电影，祖光将任导演，电影分镜头剧本将由另一人担任。但祖光从未做过导演，以他的才干还是长于写作，怎么忽然改起行来了。据我后来的分析，多半还是借此机会离开上海，因为大势所趋，像吴祖光这样有名望的左派人士、进步作家，是国民党注视的对象，随时随地都有危险。事实证明，当战场上的形势已越来越不利于国民党时，就有越来越多的民主人士陆续离开了内地，到了香港。好像《新民报》的赵超构先生也去了。

《风雪夜归人》电影确实拍了，女主角是孙景路。总的感觉，还是缺少点"味儿"，就是北京味儿，京剧味儿。这种"味儿"在我读剧本时感受是很浓烈的，现在在银幕上却体现不出来。在上海来说，还有一个客观原因，就是这类写戏班子人物命运，"风头"已被先前题材类似的《秋海棠》占去了大半。尽管有识之士认为《秋海棠》的格调不及《风雪夜归人》，可是有什么办法呢，一般人就是看了《秋海棠》要跟着流眼泪，看《风雪夜归人》就很少出现银幕下观众唏嘘的情况。不过随着时代的进展，《秋海棠》也渐渐地失去了吸引力。《秋海棠》原作者秦瘦鸥先生在上世纪80年代写了这部小说的续集《梅宝》，讲秋海棠的女儿的故事，曾在上海《解放日报》连载，开始好像很引人注目，后来也淡漠了。

《风雪夜归人》90年代在上海又重拍过一次，由黄磊主演。在拍摄条件和拍摄技巧上都胜过以往，成绩如何，不敢妄议，吴祖光本人好像也没有说过什么。

新中国成立了，吴祖光自然也从香港回来了，但他没有回上海，而是回到了北京。原来在上海的许多人也都到了北京，如冯亦代、丁聪等，其中多数人都做了大大小小的"官"，如丁聪是《人民画报》的副总编辑，冯亦代是在乔冠华领导的国际新闻局当秘书长等。只有吴祖光仍然保持电影编导的身份，不过他是属于文化部艺术局领导的，后来评级属于文艺四级，相当行政十一级，是局长级的待遇了。

我看祖光这个人也不适宜于做官，一是他的自由散漫的作风，你要他按规定时间上班下班，他是无论如何也坐不住的；二就是"嘴太敞"，其实就是口才好，唐大郎说他是"伶牙俐齿"，什么事情由他嘴里说来，就绘声绘影，异常生动。他后来遭难，很大程度是太会说话，或者话说得太多了。言多必失，被人抓住了把柄。

我已经说不清祖光是1949年还是1950年就来过上海，是分两次来还是作一次来，反正这个期间我又得以同这位"领路人"聚晤了好几次。我们每次一起在外面吃饭，我抢着会钞，祖光就说："你让我付一次好不好？"

祖光在上海究竟有什么活动我不知道，我想，会老朋友是重要的一项。还有，不时去和夏衍见面，向"夏公"请教什么也是他不便向外人透露的。按夏衍当时在上海的地位，如果给祖光安排一个职务是轻而易举的。但夏衍太了解祖光的个性特点了，还是让他在北京搞文艺创作为好。夏衍和吴祖光之间，主要还是私人的朋友关系，公事上的来往很少。

有个民营的电影公司，好像叫"嘉禾"，想筹拍一部新片，一时找不到适合的剧本，就想到了吴祖光的《少年游》。当时，这家电影公司的代理人一位是吴崇文，我在《大报》的同事，编影剧版；一位是吴崇文的好朋友沈琪，一向负责影剧宣传的。他们跟吴祖光不熟，便托我传言。吴祖光把《少年游》的剧本翻阅了一下，说："题材是可以的，让我回北京后再考虑一下。"事情就这样初步说定了。不久，吴祖光要动身了，乘夜车，坐软席，我和吴崇文、沈琪到车站送行。祖光先上车把行李安顿好，再到月台上来和我们说话。一时也无话可说，他就说了个笑话："火车要开了，轮盘也动了，忽然从月台的入口处，飞奔过来三个人。车站上的服务人员一见，立即摆好姿势，在火车刚刚启动时，先送上去一个人，再送上去一个人，但轮到第三个人，却送不上去了，眼睁睁地看着火车离去。车站服务人员感到非常抱歉，非常尴尬。但那没有被送上去的人说：'我更尴尬，今天是我走，那两位是送行的……'"

我们听了止不住哈哈大笑。祖光也于此时复又上车，别了！

这次吴祖光回到北京后，就不断地有喜讯传来，最大的喜讯莫过于他和新凤霞的相识相爱而组成了美满的家庭。唐大郎那时在北京郊外华北革大学习，平常不能回到城里，就写诗祝贺祖光的喜遇："劝君快把祖鞭加，作个跟包跟定她。唯有大郎多作孽，梦云为雨意如麻。"这首诗原先的最后一句鄙俗粗野，是经过黄苗子修改的。

祖光自从和吕恩离婚后，做了几年单身汉，其间也不是没有续娶的机会，但祖光都不中意。等到遇见了新凤霞，就觉得自己终于等到了一个称心的人。不用说，新凤霞对祖光也是一见倾心。从她原来所处的环境来说，能遇到祖光这样的人，真是终身有靠。

祖光对凤霞，还有事业上的帮助。他原来写的话剧《牛郎织女》由他自己改编成的评剧，由新凤霞主演，给这个地方戏带来了新的气象。

他们又有了添丁之喜，头胎是个儿子，就是现在已成为书画家的吴欢。记得孩子满月后，他们夫妇到上海来省亲，那时祖光的父母还在上海。记忆中，我是到车站去迎接他们的，后来就没有常去打搅。人家新婚夫妇自有好多应酬，我去夹在里面算什么？

是1954年吧，新凤霞随剧团到上海来演出，地点在九江大舞台。我只是以一个记者的身份作了应有的采访，不敢以朋友的私交去打扰她。有一天下午，在大舞台前台参加了剧团召开的座谈会，随后我跟大家一起出来，忽然被新凤霞叫住。原来祖光关照她，到上海要办什么私事，可以叫"小吴"帮忙（祖光一直这样叫我，凤霞也这样叫我）。我当然义不容辞，陪她看望了必须拜访的朋友，又陪她上街购物。凤霞想买一双皮鞋，跑了几家鞋店，都不称心。后来我带她到茂名南路锦江饭店楼下那一排店里去，终于买到了。我对她说，真正的上海人是不去南京路淮海路一般的店家买东西的，那里都是大路货。要考究样式质地就要寻平常不被一般人注意的地方。凤霞很开心。曾经担任夏衍秘书的女作家李子云去看她，凤霞就让她试穿了这双鞋子，李子云也说好。

吴祖光也单独来过上海。我现在想得起来的是为筹拍梅兰芳舞台艺术影片的那一次。那时梅兰芳先生的家还在上海。祖光这次来是跟梅先生商量，影片拍成什么样的形式格调为好。他特地借了淮海路上海电影局的放映厅放映苏联的乌兰诺娃的彩色影片，请梅先生审看。一面放，祖光一面作解释：这是什么，那是什么。梅先生和他的随从好像很高兴。那天晚上祖光也通知我去看的。

梅兰芳艺术影片后来拍成公映了，时值"反右"高潮，祖光落难。这部影片也成了人家斥责他的"罪状"之一。

在之前吴祖光还拍摄了程砚秋的《荒山泪》。照程先生本人的意思，最好拍《锁麟囊》，可《锁麟囊》被认为内容有问题，是宣扬阶级调和论的，而《荒山泪》是反抗暴政的，只好拍这出戏。照我看，祖光是很尊重程砚秋的，不拍《锁麟囊》而拍《荒山泪》是领导的意思。看看这几年《锁麟囊》这么走红，几位唱程派的女演员无不以唱好这出戏为号召，真令人有不胜今昔之感。

将中国的传统戏曲艺术搬上舞台，两者的风格不同，要求不同，是很难讨好的。祖光以前又没有学过导演，尤其电影导演，还有现代声光电等技术上的考究。祖光纵然聪明过人，也难以发挥所长。所以"文革"以后，祖光再三要求，不当导演，只当编剧。祖光的才华，岂止是写戏，写文章也是高手。已故红学家冯其庸就称祖光："文章写得漂亮。"

那几年祖光还有一桩喜事就是买了房子搬了家。祖光从香港回到北京后，就一直住在西单观音寺原《新民报》的宿舍内，那也是报社老板陈铭德的房子。吴祖光曾经在《新民报》编过副刊，就是没有这一层关系，凭陈铭德的为人，也会为祖光的住所想办法的。听说歌唱家盛家伦也住在观音寺内。盛家伦就是在电影《夜半歌声》中唱"空庭飞着流萤……"那支歌的演唱者。他原来也不是《新民报》的职工，但是凭着他的名气，他在文艺界的历史渊源，陈铭德也是愿意与之结交的。

吴祖光与新凤霞结婚后，再住在观音寺就不太合适。他新买的房子听说是个四合院，那时也不贵，究竟花了多少钱我不知道，反正祖光把它买下了，把上海的父母也接到北京。

这座新的房子大概比较宽敞，有富余的屋子能接待来客。上海影剧界的老朋友如到北京，祖光那里是一定要去打搅的。就是有些跟祖光熟识的领导干部如潘汉年等到北京开会，如要换换空气，找个地方不受拘束地散散心，也把祖光这里当成了一个可以消遣解闷的场所。据说，潘汉年因在敌伪时期见过汪精卫而被看成有重大投敌嫌疑被逮捕的那一天上午，就是在祖光家度过，到吃过中饭才回宾馆的。夏衍自然也是常去的。但夏衍有着高度的警惕性，去了保持着一定的分寸他也是有考虑的。前些日子在《上海采风》杂志读到舞蹈家舒巧的一篇回忆文章，说当年到北京也常去祖光家，觉得很开心，年轻人多，谈起文艺作品来都离不开普希金、陀思妥耶夫斯基、托尔斯泰，还有法国小说《约翰·克里斯朵夫》等。后来她要回上海了，先去夏衍那里辞行。夏衍告诫她，你回去了，就不要再跟吴祖光那里的年轻人联系，不要再写什么信了……

果然，"反右"开始了，祖光家成了"二流堂"，聚集祖光那里的年轻人成了反革命的"小家族"，真是从何说起！

"二流堂"原来诞生于抗战时期的重庆。早年曾经活跃于上海影剧界的文艺家唐瑜住的房子有空屋，一时便成了影剧界人士的聚会之所。有一天郭沫若也来了，便戏称此地为"二流堂"。现在祖光的家也有点像唐瑜在重庆的家，"二流堂"的招牌也被挂在祖光的家里。

我曾经在祖光家里看到过他写的诗，其中有一句是"一生缠夹二流堂"，可见他被这个称号弄得好苦。其实有好些事情当年不过是开开玩笑的，说过算数，谁也不会拿它当真。可是运动一来，有些说过的话也许你自己都忘了，但人家可不这么看，一上纲上线，便是莫大的罪名。拿"二流堂"当反动组织说事，又以"反右"时担任文化部一位姓刘的副部长最起劲，他还公开作过一个报告，将

"二流堂"的来龙去脉、组织状况、行动纲领等说得有鼻子有眼的，好像一切都是有预谋有目的的反革命罪行。当时听报告的人还称赞不已，说这个报告怎么怎么有说服力，吴祖光被划"右派"确实不冤枉。

可是，过了几年"文革"爆发了，这位姓刘的副部长自己也被关了起来，等待审查定罪。听说他和"四条汉子"之一的阳翰笙关在一起。有外调来找到刘副部长问话，去了多时回来了，面带泪痕，好像很委屈的样子。他告诉阳翰笙，外调是找他问"二流堂"的一些事，他说不知道。外调的人大怒，斥骂了他一顿。阳翰笙听了也诧异：当年你不是作过关于"二流堂"大报告吗，那些材料是哪儿来的？

还有一个传说，吴祖光被划为"右派"后，最早劝新凤霞离婚的是评剧院的负责人，而授意这个负责人去说服新凤霞的就是这位刘副部长，他可能动起什么歪脑筋来了。

我又曾读过黄宗江在复刊后的《新民晚报》写过一篇文章，他大胆透露，当年，把冯亦代抛出来当"右派"的是吴晗，而把吴祖光抛出来的是田汉。

我记起来了，"反右"时《戏剧报》刊登了吴祖光的发言，题目是"党趁早别管具体的什么什么……"其实吴祖光在发言中说的是一些剧团的组织不要多管剧目创作排练中一些具体的事情。田汉作标题，把"剧团的组织"换成了"党"，性质就不同了，吴祖光竟敢"反党"，帽子铁定戴上。

我又想起，也许田汉跟吴祖光两人早就不太融洽。解放前，祖光还在编"夜花园"副刊，有一次我去看他，就坐在他写字台对过，谈些什么，谈到田汉，祖光对我说："他其实是专门搞戏剧运动的……"也许他们之间的"恩怨"早已种因于此。祖光这人，说话向来是不大有顾忌的。我们可以说祖光人很豪爽，心直口快，从不隐瞒自己的观点。但这也成了他一大弱点，往往他自己还不觉得，可是人家会把他的话记在心里，说不定到了什么时候就成了隐患。我有时说话也不大检点，不过比起祖光来还远远不及，他接触的面多，知道的事情也比我多。他是全国闻名的剧作家，一有什么动静，便引起好多人的注意，人怕出名猪怕壮，看来还是老老实实匍匐在一个角落里做点实实在在的事情为好。

1962年初，我已摘掉帽子，恢复做了记者，但使用上有限制，有些部门不让我接触，比如京剧、越剧等，怕我再去闯祸。

祖光大概是1961年从北大荒回到北京，摘掉帽子，分配新的工作。现在祖光到上海来了，他是跟着刘长瑜、钱浩梁、孙毓敏他们那个剧团一道来的。毫无疑问他也被摘掉了帽子，从北大荒回来了。他现在在剧团里是什么身份？编剧？宣传？还是一个打杂务的？我有疑惑，反正大难不死，这首先就是值得庆幸的。但我没有去找祖光，祖光也没找我，他找了报社的其他朋友，想来唐大郎是他第一个想找的。

因为是老朋友、老同事，报社有人请他吃了晚饭，我想赵超构先生肯定是参加的，唐大郎更不用说。后来有个也参加这次宴请的人悄悄告诉我："本来想叫你的，再想想还是不叫你为好。"我听了一笑，这事根本用不着跟我打招呼，我了解其中许多说不出口的症结。报社内自有那么一些人还在暗暗盯着我，最好从我身上找些把柄，再把我打倒。

但吴祖光却让人送给我两张戏票，于是我得以看了钱浩梁的《伐子都》、张曼玲的《陈三两爬堂》等戏。

有一次我在卡尔登大戏院看上海方言话剧团演的《啼笑因缘》，碰到吴祖光，他带了刘长瑜等几个人也在看，同时跟他们讲些什么。这次我就同他打了招呼。也没有机会讲话，我想即使要讲话，也讲不出什么。

又过了两天，唐大郎约我去文化俱乐部，说祖光要来。我明白，这是"私宴"，不是"公宴"，而且是唐大郎叫我的，他从没有看轻过我，我完全可以放心地去。去了才知道还有张乐平也参加作东。那时，能有资格到文化俱乐部吃饭的人是要凭票入座的，一个月大概十五张，大郎这个月的票子已经不够了，所以拉了张乐平"入股"，让他也出几张。祖光带了钱浩梁同来，我们这边还有作协的魏绍昌。张乐平是喝酒的，祖光他们不喝，问我喝什么，我说不出，服务员说："给你来杯山西的竹叶青怎样？"我一时也弄不清，连连说好。酒来了，我马上啜一口，啊哈，所谓"玉液琼浆"，不就是这个味道吗？从此以后，我要喝酒就惦念着山西的竹叶青，奇怪，怎么跑了好多处也没有碰到。上海常见的是绍兴的竹叶青，那是黄酒的一种。山西的竹叶青是白酒，好像度数不高。其实我并不是一个酒徒，平时有酒吃没有酒吃都无所谓，吃也吃不多，一小杯足矣！我之所以念念不忘那天晚上吃的这杯竹叶青，还是想念当时在座的几个朋友：吴祖光、张乐平、唐大郎、魏昌绍，现在他们都已先后作古了，就剩下我一个了！

好像听说钱浩梁生过大病，至今还在。他曾经风光过一阵，我看也是"造化弄人"，他自己其实也弄不清是怎么回事，只是盲目地跟着上面瞎搞一阵子而已。又听说"文革"以后，钱浩梁到北京，能去拜望的人家不多。吴祖光还是一如既往地不拿他当外人看。钱浩梁也只有到吴祖光这里精神上才放松，卷起袖子上厨房炒菜，说话也随便，玩得很开心。

1962年到了下半年，形势又突然严峻起来。祖光那次从上海回到北京以后，日子过得怎样，我没有多打听，更没有同他有什么联系。我想，他无论如何要比我有办法得多。我只是小心翼翼地管好自己，日子挨过了一天是一天，终于迎来了"文化大革命"。

在"文化大革命"中我倒是还好，既没有被抄家（家里穷得真是连一张好桌子好板凳都没有），也没有被批斗，进的是"羊棚"，待遇比"牛棚"高，我是死老虎一只，造反派对你也提不起兴趣来。后来被流放到梅山炼铁基地去劳动，新闻界是没有资格再待下去了。

有时也想到一些老朋友，比如吴祖光，他怎样？是不是又被赶到北大荒去了？想归想，表面一点不敢流露出来。因为曾经有人（他也是"右派"）想有"立功"表现，向梅山的领导举报说我是"二流堂"的外围组织，乖乖不得了，那一阵我简直是提心吊胆地过日子。幸亏那里的组织上没有当回事，因为我这个人身上再也榨不出什么油水来了。就这样战战兢兢地等到了"四人帮"覆灭，天日重光。

"文革"中，吴祖光的遭遇如何，后来我们又见面时没有多问，现在看吴霜的文章也看不出什么来。只晓得新凤霞不能演戏，被罚去劳动，而且是和溥仪他们在一起，这是新凤霞写文章透露的。

"文革"以后吴祖光到上海来过好几次。他的问题当然已经解决了，最早是在电视中看到了他的身影。那是一次座谈会，讨论姚雪垠写的小说《李自成》如何改编为京戏的问题。吴祖光也坐在那里，笑眯眯的，一言不发，即使如此，老朋友看了也很欣慰。

1979年春夏之交，我到北京为即将创刊的《艺术世界》组稿，吴祖光那里是一定要去的，他家已搬到工体东路公房内。祖光告诉我，先分给他一套，后来又要了一套，就在隔壁，打通以后，里面两间，就是新凤霞的天地。新凤霞在"文革"劳动时不幸染病，救治不力，落下左边的身体致残，在家可以撑着拐棍走，出门要人背，多半是他们的儿子现在法国的吴刚背。侥幸的是新凤霞的思维一点没有问题，反而异常活跃，不能演戏，就学着写文章。她的文章不能以一般文人的标准来衡量，却闪烁着一般文人写不来的独有的文采。

那天中午我在祖光家吃了午饭，见到了他的儿子吴欢，是一个很活跃的青年。没有见到吴刚，也没有见到吴霜，听说她已经到美国留学去了。

靳羽西在美国办写作"班"（究竟叫什么我说不清），国内的文人第一批被邀请前去参加的就有吴祖光。

吴祖光也是最早去台湾地区访问的大陆人士。他回来后有一次见到夏衍，说："好像台湾人民的素质比我们这里还好一些。"那时这话只有他敢说，也只有同夏衍说，才能获得谅解。现在我也可以对吴祖光的在天之灵说："单是一个'文化大革命'就教坏了多少中国人？"

是1979年还是哪一年，老电影艺术家陈鲤庭接受了拍摄陈白尘写的《大风歌》的任务，他老人家郑重其事，请了好多人来当顾问，吴祖光、丁聪都来了，住在扬子饭店，我先后同唐大郎、黄裳去看过他们。只记得吴祖光风貌不减当年，他谈了好多"文革"中的趣事，有的在我听来，竟是闻所未闻。《大风歌》后来没有拍成，陈鲤庭先生白忙了一阵。

以后祖光究竟到上海来过几次，我也说不准。只记得1995年纪念梅兰芳、周信芳诞辰一百周年时他来过，我有次在宴会中见到他。

从1988年到1992年我当第七届全国人大代表，每年到北京开会，总要抽空到祖光家。他和新凤霞都是这一届的全国政协委员，但头一次会议每逢开小组会，祖光的发言，谈到毛泽东竟是语出惊人，在座的人感到话虽是对的，但说得如此大胆也让人担心。上面当然也知道了，表示了不满。新凤霞恨自己没同丈夫同分在一个组，否则她会拦住他不说的。新凤霞平时最担心的就是祖光的口没遮拦。祖光为此也收敛了不少，他不怕上面怪罪，就怕凤霞担心。

有一年开会，我到祖光家。去时千家驹先生已在，不过他坐了一会走了，祖光得以与我畅谈。他告诉我，开会之前，上面有人同他打招呼，无非是关照他说话要谨慎一些，不该说的话就不说。但怎样向祖光表达这样的意思，来人也很难开口。祖光明白其意，就说："这样好不好？我只参加大会，小组会不参加……"来人一听大喜，连声说"好"，放心而去。

祖光确实是一张"巧嘴"，什么话到了他的嘴里，就显得异常生动。1990年我参加中国新闻代表团去奥地利访问，来去都要经过北京。去的时候我耽搁在邓季惺先生的家里，有一天晚上邓先生在家请客，座上有吴祖光，大家边吃边聊。祖光说了件趣事，当年在重庆，徐悲鸿开始追求廖静文，两人赴宴，徐悲鸿总要为廖静文搛菜，可是徐悲鸿的手早就有发抖的毛病，他每搛一样菜，从离开菜碗抖起，一直抖到廖静文的面前，"菜没啦！"我现在追忆祖光的这几句话，自觉远远不及他说的那样传神，令人忍俊不禁。

每当与吴祖光见面，总觉得他笑眯眯的，好像日子过得很太平似的，一点没有什么好担忧的事情。"文革"以前就不说了，"文革"以后的八九十年代，他也惹了一些麻烦。据我知道的就有他与《白毛女》的作者，曾任文化部代部长贺敬之的笔墨官司。贺敬之可是个从延安来的重量级的人物，又是有名的诗人。祖光怎么惹上他的？是不是单纯创作思想上的问题，我说不清，也只看到过祖光在报刊上发表过的文章。这件事后来好像就没有下文。

还有就是吴霜在文章里写到的那个大官司。1992年有两个女孩子在一家国营商店里被搜身，吴祖光为她们鸣不平，在《中国工商时报》上发表了一篇文章批评这家商店不应如此对待顾客。不想这家商店就将吴祖光告上了法庭。官司的谁是谁非，其实是一目了然的。这家商店大概了解吴祖光的底细，不找这两个女孩子反而来找吴祖光的麻烦，以为你不过是个文人，有什么了不起，压压你还不是小事一桩。这个官司一拖三年，闹得全国乃至世界皆知。最后国营商店败诉了，为什么？大概法律与权势的较量到了这时候才好作出公正的明朗的判断。

吴祖光在"文革"后的创作，论话剧我只知道一部《闯江湖》，上海演过，主演是娄际成，我记得是在解放剧场看的。感受如何？只觉看是看得下去的，台词中不乏妙语，但台下的情绪始终激动不起来。因为台上演的还是旧社会旧杂技班的故事，年代隔得远了，年轻的上海人没有身临其境的体会了。

当时我就有个想法，老一辈的剧作家要写也只能写一些旧社会的往事。新社会的现实他们不敢写，亲身体会到的和舆论宣传的往往对不起号来。可是政策所限，你又不能不按照那种思路写，写出来的东西往往干巴巴，人家没兴趣看。吴祖光是明白这一点的，凭他的见闻，凭他的性格，他绝不愿意写那些自己不熟悉，乃至不理解的东西。不说吴祖光，就说夏衍吧，他改编的几个电影，不都是文人的旧作，比如《林家铺子》，比如《早春二月》等。这种东西当时又不能多写，稍微作些点缀是可以的，即使如此，碰到政治气候的变化，极有可能成为罪状一条。

吴祖光还写了京剧《三打陶三春》，这是他还在京剧团寄身的时候的工作成绩。这戏现在不时还在演。

另外还写了什么呢？据我知道，他还写了不少旧体诗。这是唐大郎还在世的时候告诉我的。大概经历了苦难的磨炼，他觉得旧体诗是最能抒发感情的了。他写了诗起先总是寄给大郎看。大郎别的没有意见，就是在格律上还不够注意，或者说不能运用自如，但写呀写的，自然就趋于成熟。

祖光的毛笔字一向是写得好的。年轻的时候常有朋友求他的"墨宝"，他也欣然为之，绝不搭架子。到了老年大概这方面的应酬更多。

祖光的身体一向也是好的。他告诉我，他的病历卡几乎是空白的，没有什么记录，我认为这与他乐天的性格肯定大有关系。我只知道，再有什么重大的罪名加在他的身上，他总是表现得像若无其事一般，有时仍旧嘻嘻哈哈，该来的总要来，你老是苦着个脸干什么？

可是新凤霞的突然离去，使他猝不及防，身心受到的打击，几乎是致命的。自从"反右"以后，凤霞时刻担心的就是吴祖光的嘴自己管不住。每逢祖光出去，凤霞总是叮嘱了又叮嘱，千万不要多嘴，能装哑巴就装哑巴。回来以后还要再问，说了什么没有？如果说了，又说了些什么？哪些地方又说过头了，等等。吴祖光难免觉得老婆太烦，吃不消。但一旦没有了老婆在身边唠叨，他又觉得不习惯，好像生活中少了什么似的。甚至同时也在自责，凤霞在世的时候，不应该对她那样的，烦就让她烦好了，她总是为了丈夫好。

凤霞是 1998 年死在常州的。常州是吴家的原籍、家乡。常州人讲起自家这块宝地，历史上从来就是文人学者辈出的诗礼之乡。当今的吴祖光当是其中很突出的一位，所以凡是有什么重大的庆祝活动，总希望能把吴祖光请来壮壮场面。这次不知怎么又请了新凤霞。吴祖光也是太大意了，新凤霞是因"文革"中风而患有残疾之人，平常过过平静的日子也许没有什么，一有较大的动静也许就抵抗不住。凤霞死后，祖光像变了个人似的，整天沉默不语，使人疑心他是不是痴呆了。

有人上海到北京，朋友请吃饭，把祖光也请来了，但他在席上，仍然一言不发，大家说，祖光，你就开开口吧！祖光迟疑了好久，终于说出了七个字："你们都是好孩子！"这是哪一码对哪一码？想想祖光从前的谈笑风生，大家默然了，知道祖光也活不长了！

写到这里，我忽又想起，夏衍去世后，上海《新民晚报》特地请吴祖光写篇悼念文章。吴祖光写来了，题目是"夏公，再见！"文章很长，几乎占了"夜光杯"整整一版。我记得最后两句的大意是："等到了那个无拘无束的社会里，我们再相聚吧！"这话难免有些触犯，但我们还是照发了。

据一位有名的科学家分析，在天河之外，也许真有一个星球上面有着生物在活动，但直到今天我们几经努力，仍未发现。这个"星球"是不是我们常说的有着玉皇大帝王母娘娘的天庭？还是祖光说的"那个社会"？反正不久的将来我也要去了，可以见到祖光凤霞相会了！

初稿写成于 2017 年 6 月 25 日上午

侯宝林在上海

人老了有什么特征？于是很快地就想起了侯宝林说的那四句话：新的记不住，老的忘不了，坐着打瞌睡，躺下睡不着。以前我听他这样说并没有什么体会，因为那时我才五十多岁，现在竟活到了所谓"鲐背之年"（九十开外），这是我自己也料想不到的，未免有些"暗自庆幸"。但是人越老，就越容易犯困，表现为在白天老是坐着要打瞌睡。也不一定都能睡得着，常常眯一会就醒，醒了还是瘫坐在那里七想八想，也常常就想到了侯宝林。

最早认识侯宝林是在1950年冬天，抗美援朝战争刚刚打响。上海评弹界的艺人热烈响应，组织了一个宣传队，先在上海演出了有关的"书戏"（化装登台，唱的是弹词曲调）以及短篇书目，然后乘车北上，先苏州后无锡，终点站是北京，扩大了这个南方曲艺的影响。我是唯一的"随军记者"，一路北行，也是平生第一次到了久仰的北京。因此，宣传队演出结束，我没有跟他们回上海，而是在北京盘桓了好些日子，直到春节前夕才动身离京。

在那些日子中，我首先跟已经在北京工作的老朋友叙旧。其中影剧演员沈浩，我们叫她"姐"的，她现在加入了中国青年艺术剧院，这几天正在演出老舍的新作《方珍珠》话剧，她请我看了。剧中她演女主角方珍珠（唱大鼓的）的母亲方大妈。

我又结识了京剧演员王玉蓉和小王玉蓉母女一家。她们领我看了两场京剧内部演出，还带我拜访了王瑶卿先生。

还有就是访问了侯宝林。记得那时侯宝林每天晚上在东单的一个有点圆形的剧场内演出，节目全是相声，所以挂的牌子是"相声大会"。一天晚上我一个人摸到那里去看了，又到后台访问了。他见到我是从上海来的，很客气。但事后他留下印象没有，我不敢说。我却是记住了侯宝林这个人，瘦瘦的，穿一件咖啡色的长袍。

回到上海不久，从报上得知，侯宝林响应党的号召，到朝鲜前线去慰问演出了。同去的当然还有好多的曲艺名家。其中有一位艺名叫"小蘑菇"的常宝堃，也是说相声的顶尖角色，当时与侯宝林齐名，不过常宝堃的根据地是天津。常家又是"相声世家"，根基雄厚，这是侯宝林不能比拟的。

不幸的消息突然传来，常宝堃在前线牺牲了。从此，侯宝林就好像稳坐相声界的头一把交椅了。听说他从朝鲜回来作报告，总在言语中充满对常宝堃的痛惜之情，并坚定地表示相声艺术今后要紧紧地跟上时代，语音铿锵，闻者动容。

大概是 1951 年夏秋之交，有几位电影界名人如高占非、顾也鲁、陶金等组织的大光明影业公司决定将老舍的《方珍珠》拍成电影。他们在北京签订了协议，商定了演员阵容，由陶金演一号人物唱单弦八角鼓的（姓方），而演他的师弟绰号"白花蛇"的相声演员则由侯宝林担当。顾名思义，这个剧中人性格狡猾，追名逐利，但后来在师兄的感召下也跟着进步了。其他的角色如方家的大女儿大凤由鼓书演员魏喜奎担任。魏喜奎和新凤霞是好朋友，自小都在天桥长大，受过地痞流氓的欺侮。新凤霞离婚后现在找到了一位称心的夫婿吴祖光。魏喜奎还没有，不免有孤独之感。正好大光明公司约她拍电影，趁此机会她也好到上海来散散心，结识两个新朋友。

演方珍珠的是名旦王玉蓉的女儿小王玉蓉，家里都叫她"贞观"。王玉蓉是王瑶卿的得意弟子，号称"铁嗓铜喉"的大青衣，她最叫座的戏是《王八出》，即王宝钏抛绣球给落魄的薛平贵并与他成婚，后受尽苦难直至丈夫在番邦称王，回来探妻，乘机夺取唐室天下，自己称帝，王宝钏苦尽甘来也成了一国之母。这出戏只是古代的传说，未必实有其事，而竟能流传久远，歌颂了一位富有远见卓识的女子为远征在外的丈夫苦守十八年而毫不动摇，这种坚贞不屈的气节正是我国传统美德中的一个闪光点。1957年"反右"时，吴祖光被打成"右派"，好多人劝新凤霞改嫁，新凤霞说："王宝钏能为薛平贵苦守十八年，我准备守二十八年……"可见这个故事影响之深远。小王玉蓉学的是花旦，擅演的戏有《红娘》《大英杰烈》等。正好1951年上半年，王玉蓉母女在上海中国大戏院演出过两三个月，接着小王玉蓉就接受了拍摄这部电影的聘约，满足当年的青年演员渴望"影剧双栖"的志愿。

剧中方家姐妹的母亲方大妈，也是个重要角色，大光明公司看中了孙景路。可是孙景路不愿演，做了好多工作才勉强接受。

北京的演员来上海，是分批而至的，最先来的是魏喜奎和她弹弦的鼓师。侯宝林和下手郭启儒后至，他们都住锦江饭店。那时"锦江"还未改为国营，入住的旅客不多，所以价钱很便宜，电影公司出得起。王玉蓉母女在上海有房子，她们到上海也等于回家。

侯宝林到上海没有几天，就受到上海戏曲界的邀请，在那时的文艺处旧址（石门一路）作了赴朝慰问的报告，我也去参加的。我觉得与会者最强烈的印象是北京的艺人真会讲话，而且政治性很强，这一点是上海的戏曲艺人比不上的。上海的艺人只会上台演唱，要是要他（她）讲话，就结巴了。侯宝林作完报告，还和郭启儒合说了一段新编的相声《一贯道》。那时国家正在开展取缔反动会道门的运动，上海也在搞，记得在襄阳路淮海路口的一个空地（现在已建成了大厦）举办了一个展览会，我去参观过。很显然，这是镇压反革命运动的前奏曲。

侯宝林等初到上海，一时还没有拍戏，所以空闲的时间不少。上海的有关人士都想结识他，争相请他吃饭，有时也请魏喜奎。这种饭局我也参加过几次，有时我带了胡琴去饭店为他吊嗓子。我十三四岁就学拉胡琴，拉了几年，居然也有点意思了。可惜我没有恒心，不肯下苦功，兴趣也越来越淡漠，渐渐也就荒疏了。"反右"以后索性就不拉了，免得被人家说我"不思悔改"，犯了反党的罪行还有心情玩胡琴，弄不好就要"从严惩治"，所以两把胡琴也给弄丢了。几十年过去，到如今手法生硬，简直就不会拉了，而且人老了也拉不动了，但我一点也不后悔，觉得我在这方面天生就是一块无用之辈的料。

戏开拍了，侯宝林要忙一些了，但也不是很忙，要轮到他的戏才去摄影棚，轮不到依然潇洒从容地闲着，还有应酬。我隐约地感到，上海这个昔日的十里洋场，其流风余韵，使侯宝林产生了莫大的兴趣。北京是北京的风味，侯宝林已经非常熟悉，也习惯了，乃至他本人也是北京味的一种体现。上海的风味则是另一种，与北京迥然不同。在我这种上海人看来是很普通很平常的事情，而在侯宝林看来却大有异趣。要领略这种异趣，最好又有女性陪同。有一位我也认识甚至很熟可以称她为"姐"的话剧女演员，不知怎么会认识侯宝林，经常陪他一同出入。有一次让我在饭店的电梯内碰到了，彼此相视，打个哈哈，便互相道别。他们去哪里我不问，我现在为什么来这里他们也不管，反正彼此心里有数就是。

侯宝林的夫人来过上海，是这次侯宝林拍电影的期间，还是后来侯宝林到上海作营业性演出的期间，我记不清。总之侯宝林夫人来见识见识大上海是应有之义。我见过一次，那种打扮，好像很考究，色彩很鲜艳，但看起来有点"土"，不够匀称大方，比上海女人只穿素的要差得远。直到现在，北京的女士来上海，依我看，有的在穿着上总觉还是考究有余，自然不足。这极有可能是我的偏见，我这个人就是太偏向海派风情了。

偶尔也能听侯宝林本人漏两句，或者听别人的谈话中，知道了摄影场上一些不太融洽的传闻，这也不足为奇。戏曲演员与电影演员作风不一样，戏曲演员之间互相不服气，都是常常能听到的算不上谁是谁非的趣事。我这样说，绝对把自己放在一个旁观地位，绝对不倾向哪一边，听过就算。

那时侯宝林又特别对那位担任电影厂厂长的男影星感到不满，总说他是个"小气鬼"，一经侯宝林的嘴里宣泄出来，常常令人喷饭，因为这些话是在酒宴上作为笑料来当作余兴节目的。

日子过得很快，戏拍完了，侯宝林、魏喜奎他们要回北京了，这时又传来一个喜讯：侯宝林要在上海正式公演两天，魏喜奎当然也参加。这究竟是怎么一回事呢？原来当时正有一班北方曲艺的班子在上海演出，为首者是早年赫赫有名的京韵大鼓名角小黑姑娘。说起这位小黑姑娘早先可真是一位美人，所以叫"小黑姑娘"，无非是皮肤黑一点，却是"黑里俏"，也许就和《老残游记》中那个唱大鼓的"黑妞"仿佛。听说"小黑姑娘"年轻时在上海新世界游乐场演出，上海有个姓"袁"的富家子弟捧她，买通了一班人到游乐场来捧场助威，只要小黑姑娘一出场，台下的两旁座位中立时爆发出震耳欲聋的喝彩声，所以小报上就用一句唐诗来讥笑他们："两岸猿声啼不住。"这个事情，是被写进一部小说里的。

小黑姑娘还有个习惯，上台以后，开口演唱之前，要把旗袍领口的纽扣解开，其实还是让颈脖舒适一点，便于嗓子的运用。但这一来露出了她的粉颈，使台下一些色眯眯的观众又不知想到哪里去了，便止不住又是轰然一声叫好。

小黑姑娘后来嫁了人，但景况不是很好，不得不又出来卖艺。如今年纪渐渐地大了，号召力虽然还有一些，但已大不如前。尤其在上海，当年她的那些知音如今死的死，跑的跑，新一代的上海人，对北方曲艺，只有相声还比较喜欢，其他的如大鼓、单弦、河南坠子等都不大有兴趣。小黑姑娘此刻正带着一副班子在上海公演，看是有人看，就是不多，座位卖不满，未免影响收入。于是就来请侯宝林，能否帮忙演两场，壮壮声势助助威。侯宝林一口答应，魏喜奎自然也出场助阵，就在他们要回北京前两天，连演两场，小黑姑娘的班子也出了三四档节目，除她本人外也有一两档相声，记得是王世臣那一对，王世臣的玩意儿也是不错的。

演出地点在九江路浙江中路转角的孟渊旅社的剧场内。两天我都去了，熟悉的朋友不少，上海滑稽界也来了好多我认识的艺人。后面的座位中居然还有侯宝林在北京的"粉丝"。侯宝林演出时，能在台下发出节骨眼儿的呼应的也是他们。演出的次序记得是魏喜奎唱倒第三，小黑姑娘倒第二，她真的老了，不过套句老话，就是"风韵犹存"，还是老习惯，开口演唱之前把花旗袍的领口解开，台底下的反应还是很照顾她的。最后，侯宝林和郭启儒出场，观众的情绪马上就兴奋起来。侯宝林一开口："刚才是老黑姑娘……"在"老"字上又稍为加重了点语气，观众当即笑了。因为侯宝林说了真话，相信此刻站在后台边上看演出的小黑姑娘也不以为忤。说相声就是要抓住观众的心理，冷不防地给你兜出来，侯宝林是深谙其道的。

小黑姑娘唱的是京韵大鼓，侯宝林先借题发挥，说唱京韵大鼓的有两位顶尖人物，就是刘宝全和白云鹏。刘宝全的唱：大气、洒脱。学他的人最多，小黑姑娘就是一个。白云鹏则偏于轻柔、缠绵，好用鼻音擅唱儿女情长这些段子，比如《大西厢》。至于侯宝林本人，比较喜欢白云鹏，接着他就学唱了一小段，唱什么我忘了，反正观众开心得几乎要跳起来了。说相声不能一上来就进入正题，先要有个"引子"。"引子"说得好不好，考验演员的本事，看你能不能一下子就把观众的兴趣点燃起来。说相声有四字要诀：说学逗唱。现在侯宝林先把他的学和唱，露了一手，所谓"先声夺人"，侯宝林这天晚上做到了。

正段子是《戏剧杂谈》，这是侯宝林最拿手的一个节目。内容无非是对京剧的某些演出技巧的解剖，同时拿别的剧种与之对比，比如话剧的哭是怎样的，京剧的哭又是怎样的，经侯宝林一学，一比画，观众立刻忍俊不禁。最后侯宝林学一个近视眼的花旦演《鸿鸾禧》的出场，在观众的大笑声中结束。在我看来，侯宝林在台上意气风发，出口成趣，这是我一生看他无数次的演出中印象最深刻的一次，到老不忘。

第二天晚上演完，想不起是谁请客，一起坐三轮车到南京西路"又一邨"去吃夜宵，魏喜奎也去的。过了两天，他们就回北京了。

但是，过了大概不到两个月，忽然从报上的广告得知，侯宝林、郭启儒到上海作营业演出了，地点在国际戏院。时间已是 1952 年的春初，"三反""五反"运动已经开始，客观形势对娱乐业并不怎么有利。

国际戏院在南京西路新世界过去二三十家门面旁的一条盖有天棚的弄堂内。弄堂很阔，像条小马路，两旁俱是商店，所以这条弄堂也可称作商场。在商场的"笃底"，就是国际戏院。记得起来的是早先的滑稽名家程笑亭和裴扬华合演的《小山东到上海》是在这里演出的。后来姚慕双、周柏春的剧团也从这里起家。现在是北方曲艺在此扎营。这里地处闹市中心，人来人往，川流不息，按理剧场的营业不会太差。现在这一副北方曲艺的班子，阵容也还可以，相声就有两档，一档是本文前面提到过的王世臣（下手是谁，已忘），一档是刘宝瑞，是老资格，擅说单口相声。可是上座就是不理想，四五百人的座位总卖不满，上海这地方的钱并不好赚。于是就把脑筋动到侯宝林头上，想借他的名声起一点轰动效应。正好侯宝林来过一次上海后，也颇眷恋这个快要消失的十里洋场，于是一拍即合，他又来了。

剧场方面对他很重视，因为请来了"大角儿"，住宿的地方就安排在不远的国际饭店。这时候的国际饭店，正处在彷徨阶段，旧的顾客走了，新的顾客是什么人还吃不准，房间空了许多，所以房价很便宜，侯宝林曾在这里一住就是好几个月。不过郭启儒不住在这里，此老人很随和，不计较这些。

这下我忙起来了，常常晚上去听相声，白天就去国际饭店同他聊天。侯宝林也需要我这样一个上海人帮他联络一些事情。前两年傅全香到北京，侯宝林看了演出，颇感兴趣，学了两句"傅调"，在台上试过，效果不错。这次到上海，我又怂恿他听"戚调"（戚雅仙），他马上就入迷，从收音机内听过几次，有点会唱了。我特地介绍他与戚雅仙认识，他请戚雅仙来听相声，又请她在新雅饭店吃饭，还在饭桌上哼两句给她听。记得戚雅仙当时只是笑着点了点头，没有说什么，反正大致是那么回事就行了，不必过于认真。

侯宝林又要学弹词的"蒋调"。我特地把蒋月泉的学生潘闻荫约到国际饭店，给侯宝林说了《林冲》中几句唱腔的要领。

侯宝林晚上下戏之后要吃夜宵，老是在外面吃也不实惠。我就把家里的煤油炉子借给他，好在这时候的国际饭店也允许，这下方便多了，有时白天吃不了的东西，晚上又可以在煤油炉子上热一下吃了。

我陪他去拜访过盖叫天。

我也陪他去一个朋友家吃螃蟹，在座的有孙景路。自打拍过电影以后，侯宝林跟孙景路也熟起来了，好像也很谈得来。孙景路经常也去剧场听相声。有一次孙景路要去参加一个晚会，事先讲好要她在晚会上表演一个节目，最好是讲笑话。怎么办？最好到侯宝林那里想办法，但这事又跟侯宝林开不出口，我就建议她找郭启儒。果然有效，郭启儒在后台找一个角落里教了孙景路一个小段子，后来居然派了好几次用场。

算起来，侯宝林在上海前前后后耽搁了有一年多的光景。其间他回过两次北京，然后再来，演出地点多半在国际剧场，住的地方换了，先是由国际饭店转移到东亚饭店，再后来又转到南京东路后面的一个较小的旅馆，也很安静干净。他除了演出，也结识了新朋友，男的女的都有。有的我认识，有的我知道而不认识。比如上海几位剩余的交际花，她们有的已经嫁了人，有的虽未嫁人也都有了主儿，有的将要改行，其中一位特别漂亮的会唱越剧。侯宝林在与她同席时听她唱过。后来侯宝林对我说："她的'傅调'唱得真好。"我听了笑起来。当然了，人家本来就是傅全香的学生。后来她到香港去了，现在如仍在世，也是"望九"的老太太了。

侯宝林在上海期间，老实说别的采访我都不怎么"经心"。当时我经常去串门的只有两个人，一个是盖叫天老先生，我为他写了连载《盖叫天演剧五十年》，这一组稿子最近整理成为一本书，题名《采访盖叫天》，已由上海人民出版社出版。一个就是侯宝林，除了喜欢听他在台上说的话，更喜欢听他在台下随便的闲聊。老实说，我的戏曲知识多半还是从他那里学来的。比如他说了一个艺人的成长要经过"会通精化"四个阶段，相声演员的表演应该各有特色，大致可分"帅怪卖坏"四派。"帅"就是漂亮洒脱，"坏"就是精明刁钻，等等。他又说，话剧《日出》的舞台装置总有一扇门，有好多戏是从这扇门里生出来的，而戏曲舞台上常常是空无所有，凭演员的做戏，就能长出一扇门。因此他归结为两句，话剧是有门就有戏，京剧是有戏就有门。

诸如此类，我听多了，稍微有点悟解了，就又在当时的《亦报》上用"李枚"的笔名写了《相声漫谈》连载，大概也有四五十篇，并留了剪报，直到2000年，河南郑州大象出版社为我出一本小书《人生看戏》。我把《相声漫谈》找出来一看，简直"不忍卒读"，怎么会有这么多的空话套话？不得不大加删削，剩下来就是一小段一小段的，拼接起来还能成为一篇文章，收在书里。

在和侯宝林的交往中，我还听他谈世道人情这方面的见解。他总说我："你怎么总像个中学刚刚毕业的学生？"好听一点是说我这人还比较单纯，不大用心机。难听一点就是我这个人还很幼稚，受了人家的愚弄还不自知。他经常对我说的一句话是："你不社会不要紧，但你要了解这个社会啊！"这里的"社会"的意思，就是"世道人情"。"反右"以后，我常常想起他这句话，深悔自己确实太"混"，当有不少人已经对我产生不满的时候，我还木知木觉地不以为意，终于栽了跟头。

很快就到了1956年，侯宝林又到上海来了。这时他已加入了中央广播说唱团，是随团来和上海的曲艺界同行进行交流的。他们住在国际饭店，演出地点在新光大戏院，即食品一店的后面，当年马连良和卓别林会面的地方。新光大戏院见证了上海电影界戏剧界的沧桑。从前的老板是个女大亨，过去有不少男女演员都曾在她的庇护下生活过。这一类历史，真要重新审视起来的话，你并不能下肯定或否定的结论，事情错综复杂，要尽可能地搜集材料，仔细分析。不过现在真正知道"新光"的人已经没有了，我的感叹其实也是非常无聊的。

且说这次中央广播说唱团在上海耽搁不到十天，内部交流演出记得有一场是早上。北方这边的节目，我至今还有印象的是侯宝林一档之外，还有一档是唱单弦那位女演员马增蕙。当时很年轻，嗓音清亮，台风也不错。好多年后在北京看见她，已是中年妇女，却胖得出奇，原来那个清纯的小姑娘样子一点没有了，怎么搞的？

南方这边，参加演出的有两档节目特别受欢迎。一是程笑飞的唱，他学沪剧邵滨孙、越剧戚雅仙、评弹张鉴庭，几乎比这几位名家本人的唱还要传神，因为他可以夸张、渲染，抓住了观众的心理。程笑飞本来在上海滑稽界也是一块头牌，号召力不下于姚、周。就是肚子里不大有文化，对时局毫无认识，说话有些口没遮拦，加上生活上又有些问题，后来就被收容审查，不知下落。

另一档是张鉴庭和张鉴国，说《颜大照镜》，让人笑痛肚皮。侯宝林在他们后面压台送客，相形之下反倒不够热烈了。

营业演出的头一天我当然要去，散场时我随即离开戏院回家，不想去后台打搅。第二天再去，一进戏院，就有人告诉我："昨天你怎么跑得这么快，侯宝林在麦克风里找你……"

这天晚上散戏后，我先陪侯宝林回国际饭店，再与他同乘三轮车到八仙桥小菜场对面一家本地馆子吃夜宵，遇见上海的滑稽名家张樵侬，竟是他请的客。

以后差不多每晚都在陪侯宝林。

记忆最深的是这天早上在国际饭店举行的一场南北名家座谈会，人不多，上海只有滑稽界几位名家参加。这天侯宝林谈了相声的前途，他好像特别强调相声的主要功能是讽喻，在当时是有针对性的。因为有人认为相声应该发挥歌颂的作用，而且以此为主。就小范围内来说，在我们报社，我是主张相声的属性是讽刺，但也有人反对我。他以一个部队创作的歌颂性相声为例，说是给了我"一记响亮的耳光"。我看了暗暗好笑。其实相声也罢，滑稽也罢，讽刺与歌颂是可以并行不悖的，何必硬要对立起来，有你无我，有我无你！联想到今天的上海滑稽不是那么兴旺（北方相声的情况如何我不知道），可能是在创作上把讽喻性忘记了。要讽喻得恰到好处，确实很难。这是一种高水平的创作。我们的喜剧大师黄佐临先生如今健在的话，也会为此皱眉。

在他们离沪返京的前一天中午，上海的有关方面在锦江饭店设宴饯行，摆了好几桌，盖叫天先生、说扬州评话的王少堂先生一家都被请来了。席间，侯宝林等北方客人，上海的评弹、滑稽名家都表演了短小的余兴。忽然，侯宝林走到大厅中间说："咱们的记者是不是也来一段？"记者指谁？今天出席的记者只有我，没办法，在众目睽睽之下，我只好在席位上站起来，唱了四句西皮原板："老来无子实可惨……"这是京剧《打侄上坟》中的一段。唱完了自然有人鼓掌，周柏春先生居然跑到我面前来说："你唱得好！"这倒让我小小地得意了一下，嗓子是不好，但"味儿"还是有一点的。

自此一别，我与侯宝林再相见，算来是二十年以后了。

二十三年以后就是1979年。压在我头上有二十二年之久的"右派"巨石已经于去年（1978年）底彻底卸去。现在我已从金山石化一厂调到了上海文艺出版社编辑室，负责筹备即将创刊的《艺术世界》杂志，于是年的初夏季节与同事武璀去北京组稿，得以遍访北京的诸位老友，其中最想见的一位就是侯宝林。但是北京此时正在召开全国人民代表大会全体会议，侯宝林是全国人大代表，平常不住在家里。经过辗转联系之后，我们摸准在侯宝林休会回家的这天上午，到了他家。

我现在忘记性严重到了相当程度，已说不出他家住在哪里，反正是四合院的左首的一排房子。侯宝林还未到家，他夫人倒记得我，还对我说："你大哥（指侯宝林）倒时常提起你。"这话顿时让我感动不已。

一会儿，侯宝林回来了，彼此并没有表现出多大的激动。反正就是那么回事，大家都知道的，又经历过的，大同小异，无啥稀奇，尤其是侯宝林，什么风浪没有见过？只要大家还好好地活着就行。

不用说，这天在他家吃的午饭，吃的是什么菜也忘了，但是侯大嫂亲自下厨烧的，即使很普通在我看来也很特别，都是一小碟一小碟的有好几样。侯宝林举箸说："来，尝尝我们的'侯家菜'。"什么事情由侯宝林嘴里一说，就平添了许多趣味。

侯宝林还告诉我的：以前他参加人代会，只做两件事，拍手和举手。今年他多做了一样是开口发言。

这次我们来北京，因为事先没有打听好，所以住的地方换了好几处，不落实。侯宝林一听，就说我来想想办法看。说完就打电话联系，并告诉我们去到什么地方找谁。但我们没有去，因为承蒙《人民日报》的老朋友田钟洛（袁鹰）帮忙，已住进了他们报社的招待所。

后来也没有再去看望侯宝林。

1982年《新民晚报》复刊，我又回到报社编副刊。又想不起来是这一年还是下一年，我有天早上到报社，有人告诉我：昨天晚上侯宝林打电话找你。他路过上海，只耽搁一天，又住得远，算了。

又有一次，侯宝林也是路过上海，住虹桥机场那家宾馆内，这次耽搁的时间要多一些，所以想法又找到了我，又找到了孙景路。所以孙景路就和我商量，我们联合请他吃顿饭吧。吃饭的地方定在梅龙镇，是中午，我约了报社的一位同事，让我的妻子也去，算是让他见了见这位"弟妹"。承蒙他在饭桌上对我妻子说："你算是找到了一个好人。"饭后，我商请报社的一位司机开车送他回宾馆，他仍旧住虹桥机场那边。

又记不得是哪一年，反正是上世纪80年代中的一年，上海广电系统著名的主持人叶惠贤先生举办一次活动，请侯宝林来沪指导，他知道我和侯宝林很熟，便要我抽空陪陪这位"老爷子"，那时叶惠贤先生也常常客串说相声。侯宝林来了，在接触之间，我明显地感觉到他老兄比过去要严肃多了。当然，他跟我还是不搭什么架子的，但跟别人，尤其是新认识的朋友，他的表现好像是位学者。他那时立了一条规矩，就是可以谈相声应该怎么说，但自己绝不表演。那次我请他吃饭，还有叶惠贤请他吃饭（我也参加了），都安排在福州路口群玉坊的一家名叫"家"的小餐馆，这里的几样小菜很有名，如酱牛肉、油爆虾、葱油鸡都很有风味，清鸡汤下面尤其一绝。所以放在这里，是彼此可以促膝谈心，不拘形迹，这本来是侯宝林最喜欢的一种朋友聚会的形式。他现在自然也不嫌弃，频频颔首，说菜的味道不错，但言谈之间，不像过去那样随便了。说白了，就是现在坐在我们面前的侯宝林，已经不是以前的那位相声艺人，而是要比艺人更高一级的什么人，我也说不清楚。我想，可能与他的年龄大了也有关系，年轻时的那种"豪气"不见了。

再后来，就听说侯宝林在北京应某大学之聘去讲授语言了。再后来，就出现了华君武先生的那张漫画，题为"侯宝林教授"，画上的侯宝林似乎有点皱着眉头（他本来有点倒挂眉的样子），神情很严肃。这画是什么意思，我想华君武是以一个老朋友和相声爱好者的身份，向老朋友进言，希望他还是要像早先那样笑哈哈的，给人带来快乐。

不错，侯宝林现在的地位、名望都比过去更高了，但也应该更加接近群众了。

到底是华君武，敢于这样说。我想，别的有地位有名望的人也不妨对照了想想自己。

1988年，我居然当上了第七届全国人大代表。3月间召开第一次会议，我们上海代表团与江苏代表团同住在一家宾馆内。我与同样是代表的上海电影局局长吴贻弓先生同住一个房间。吴贻弓是主席团成员，侯宝林也是，我就请吴贻弓带个口信，向侯宝林问好，吴贻弓带到了。一天下午，大会没有活动。白杨来看吴贻弓，他们有事商量，我让开了，到楼下大厅内坐着望野眼。忽然见到大门口驶进来一辆汽车，到宾馆大楼门口停住，跳下车来的竟是侯宝林，他特地来看我了。我们就坐在靠近门口的沙发上聊了一阵。彼此都很欣慰，因为能在这样特定的环境下相会，说明原来盘旋在我们头顶上的政治阴云一扫而空。何况1988年因召开第七届人大第一次会议，是政治气氛相当活跃的一年。

还有一次相见是在上海。这次来了不少相声界的后起之秀，侯宝林的儿子侯跃文也在其内，侯宝林本人是来压阵的，他们都住在九江路的扬子饭店。我去看他，说老实话，纯是礼节性的访谈，已经不能像早先那样无拘无束地闲聊了。侯跃文此时已经很"红"，他和同伴们坐在楼下的大厅抽烟喝茶，见我走过，只点点头，用手指指说："他在楼上的房间内。"我现在的工作已经不需要我履行记者的职务，所以也没凑上去向他提什么问题。若在从前，我说不定就可以在报上发表一篇"侯宝林父子访谈记"。

最后一次见侯宝林，是他不知为什么事又来上海，住南京东路"七重天"宾馆。这"七重天"原来是永安公司的分部，现在楼下是友谊商店，专门卖进出口商品的。楼上是上海电视台最早的台址，现在仍旧是，不过中心已经他移。空出来的几层楼面就改作宾馆，也可能就是上海电视台的招待所。这次侯宝林还带了秘书来，我打电话去，先是秘书听的，对我有点打官腔："侯老身体不好，正在休息，请问您是谁？"

我老大不高兴，便说："我是某人，你对侯老说请他来听电话。"

一会儿，"侯老"果然来听了。约定时间，我去"七重天"看望了他。

侯宝林瘦了，精神也有些萎靡不振，告诉我他常常拉肚子，现在又拉了……我本来想约他去一个地方聚聚，也是他喜欢的那种地方，现在看样子不行，我真有点怏怏的……

想不到这竟是最后一面，以后也记不清隔了多少时间，消息传来，他去世了。

我难免有些伤感。但也知道，这是没有办法的事，谁都是从无到有，从有到无，这是不可抗拒的人生规律。现在，我要离开这个世界的日子也很近了。有个认识很久感情不错的小朋友对我说，到你这个年纪，死就是意味着回家，所以将来我也不会太伤心……

她倒是看得很透彻，说得很真实，深获我心。

再想起侯宝林，电视上倒是常常放他的录像，搭档不是郭启儒，而是郭全宝，这人我不认识。侯宝林说的还是那些我听熟了的老段子，《改行》啊，《六十整寿》啊，《关公战秦琼》啊，等等。老实说，电视上的侯宝林风采已非当年可比。侯宝林的时代已经过去，相声也很难再现辉煌了，侯宝林晚年所以坚持不演出，还是有道理的。

不霉的黄桂秋

　　京剧有四大名旦——梅兰芳、程砚秋、荀慧生和尚小云，这是很多人都知道的。四个男人在舞台上扮演女人，焕发的艺术魅力，不但终其一生，而且绵延后代。直到现在21世纪已经快过去二十年了，依然为新生的京剧旦角演员奉为圭臬。演出的风格非梅即程，或荀或尚。也不能否认，尚先生的传人相对少一些，他老人家的传统底子深厚，唱念有别人难以比肩的刚劲豪迈之气。初学者假使能在这方面向尚先生学一些功夫，或可避免萎靡软塌之气的感染，张君秋先生就受过尚先生的教诲。他后来学梅，又兼学程，结合自己的嗓音特点和舞台经验，终于创立了风靡一时的"张派"唱腔。

　　大概稍后于"四大名旦"若干年，又有四个演旦角的男人被当时的报刊揶揄为"四大霉旦"，真是够"损"的。其实也有惋惜的意思，因为这四个人艺术功底都不差，演技也有相当的水平。就是不怎么走运，没有出现过所谓"大红大紫"的状态，名气虽然有，但够不上家喻户晓的程度。喜欢他们的人也有，但"拥趸"不多，这也是没有办法的事。这四个人是徐碧云、绿牡丹（黄玉麟）、程玉

99

菁、黄桂秋。

或另有一说，"四大霉旦"中没有程玉菁，而是朱琴心。

先说徐碧云，他差不多与梅兰芳同时"出道"，也是梅兰芳的妹夫（名琴师徐兰沅的弟弟），名气一开始也不比梅兰芳差到哪里，舞台上也放射过一点光芒，但不知怎的，慢慢地就黯淡下来了。在我的记忆中，好像幼年坐在戏馆的二楼座位上，看过一次徐碧云的演出，远远的只觉得他的扮相不怎么好看，好像没有什么"艳光四射"之感，抹上脂粉，看上去还是像个男人。后来在画报上看到他的舞台照，确实也不怎么吸引人。但徐碧云会演的戏很多，青衣、花旦，都拿得出手，尤其是花旦戏，那些已经好久不在舞台上出现的"冷门戏"（估计是些古代荡妇淫娃的故事），为徐碧云所独擅。徐碧云有一位至今健在的弟子毕谷云，我有点认识，或者说见了面可以打个招呼。毕谷云先生后来又拜了梅兰芳，公开演出的都是"梅派戏"。但徐碧云的花旦戏，毕先生藏之甚秘。听说现在得到了一个传人，即从北京来的已在上海戏曲学院任教的牟玄笛先生。牟先生是上世纪90年代"惊现"的一位青年男旦，擅演花旦戏，如《翠屏山》等，如今拜在毕谷云先生门下，可以间接地把徐碧云的"遗产"继承下来了。

绿牡丹本名黄玉麟。我没有看过他的戏，但见过他本人，皮肤黑黑的，眼睛大大的，小分头梳得"滴溜光"，令人一见就能想起他的"职业"。上世纪50年代中期，上海戏曲学校建立，黄玉麟被聘为教师，确实也教出了一两个学生。但老师又犯了品德上的老毛病，联想到他所以在舞台上"红"不起来，可能与他不约束自己的私生活很有关系。

徐碧云、朱琴心、黄玉麟这三个人还有一个致命之患，就是抽鸦片，损伤了他们在台上的光彩。

程玉菁是人称"通天教主"王瑶卿老先生的大弟子。他好像在舞台上并没有演多久，就一直随侍在老师的身边，协助老师传艺，在这方面他是有功劳的。他也极有可能不在"霉旦"之列。

最后就要说到黄桂秋先生。有那么几年我与黄先生应该说是非常熟悉的。我能对京剧有些浅显的认识，也是与黄先生的熏染分不开的。

上世纪80年代后，我曾经写过两篇回忆黄先生的文章。一篇是《阳台对酌》，另一篇是《祭黄》，都已发表，但都偏于某个事件、某个时候，未能尽情表达我对黄先生的思念。如今我已相当衰老，随时都可能化去。趁现在拿得动墨水笔，让我断断续续地把早年与黄先生的交往再回忆一下。

首先我不太同意把黄先生也归入"霉旦"之列。黄先生并不"霉"，一度还有点"红"。那是在上世纪40年代初，黄先生组班在上海更新舞台（后改名中国大戏院）演出，记得二牌老生是贯大元，小生是江世玉（叶盛兰的学生）。那时我不过十五六岁，还在上中学。我父亲任职的大公银行有位姓孙的襄理，与黄先生是好朋友，后来知道他是黄正勤的"干爹"。黄先生演戏,孙襄理照例要捧场,每天买五六张乃至靠十张戏票。有时孙襄理自己不去看戏,就把戏票给银行里的同事,我父亲也分到过好几次。有时父亲陪我去看,有时就让我独自前往,前前后后看了不下七八次。既有黄先生的几出拿手老戏如《春秋配》《玉堂春》等,也有他新编的如《蝴蝶媒》《秋香三笑》等。以我当时的欣赏水平,就觉得黄先生演偏于唱的正旦戏对工,偏于做的新戏如《蝴蝶媒》还可以。黄先生演此戏时在台上当场画扇面,画面上就是两只蝴蝶和一抹花草,须臾画成。我拜识黄先生以后,他也给我画过这样的扇面,我配了扇骨,不时展玩,没有多久就破损了。

恕我直言,黄先生演的花旦玩笑戏如《秋香三笑》就不是很讨好。那时他虽然还年轻,大概四十岁左右吧,但要表现一个聪明伶俐的俏丫鬟有着不小的差距。我一向主张这类戏由年轻的女旦演起来比较适合。男旦除非是三十不到的小青年,还要生得比较瘦削,眉眼确实很清秀,扮起来才能让人赏心悦目。写到这里,我想岔开来说一位男旦,就是毛世来。他十几岁还在科班里的时候演的花旦戏,令人惊艳。毕业后在一个时期内也是风头甚健的。被报刊宣扬的"四小名旦"中是不是有他在内我说不清楚。他到上海来过,也得到了很多观众的赞赏。可是年复一年,他的声望就逐渐地降下来了。记得是1950年,他和梅派男旦杨荣环合作到上海天蟾舞台演出,我去访问他们。那时杨荣环才二十出头,比我还小两岁,看上去自然风度翩翩。对比之下,毛世来就要老得多,说老实话我有点失望。这不是有名的"角儿"吗？怎么脸皮黄渣渣的，毛孔很粗，嘴上长出的胡子也是黄的。个子矮一点没有什么，就是身材有点变粗了，在台上扮出来光彩肯定要打折扣了。果然他们这一次的演出成绩很不理想。后来杨荣环留在上海，毛世来回北京了，舞台上渐渐失去他的身影，大概改行做教师了。

再回过头来说说黄桂秋先生。

黄先生这次在更新舞台演出结束后，好像当时上海的报纸（尤其是小报）对他的报道多了起来。其实他很早就定居于上海，在熟识的友好中享有声望。但这次演出，扩大了他的影响。人们发现：在四大名旦之外，还有这么一位功力深厚的旦角名家。他的唱，清丽婉转，其中还隐藏着一股挺拔的坚韧的劲道。在听惯了梅派程派的唱腔之外，又听到了黄桂秋，感觉无比新鲜。一时之间，学黄的人也陆续出现了。就说一例，当时上海有两座戏曲学校，即上海戏剧学校和中华戏剧学校。"上戏"出来的学生是"正"字辈，"华戏"出来的学生是"松"字辈。"正"字辈最出名的当是近年在台湾去世的顾正秋。她的唱"主流"是梅派，"支流"则是黄派。"正"字辈还有一位武正霜，则完全是学黄的。"松"字辈的沈松丽，是正式在黄门立雪的弟子，早就灌有唱片，是《女起解》还是《春秋配》我记不清，反正全部是黄派唱法。我后来在黄先生家曾见到沈松丽几次，她已近中年，但样子还是很俏丽。她好像并不以"唱戏"为业，但生活又离不开唱戏。她究竟在干些什么，我不好问，所以现在也说不出个所以然来。

至于票友中学唱"黄派"的男旦就更多了。他们围绕着黄先生，似乎也成了一个小圈子。当年我头一次到黄先生家里，楼下客堂里挂着一个镜框，上书"秋声社"三个大字，是不是传承黄派艺术的一个组织，我不敢断言。日子一久，我连"秋声社"这个名称也吃不准。好像程砚秋先生最早组织的剧团也叫"秋声社"。只怪我笔头不勤，没有把早先看到的听到的记录下来。

其实我要强调的就是黄桂秋当年非但不"霉"，还很"红"，不过"红"得不怎么"火爆"罢了。

我还可以从自己模糊的记忆中来搜索，大概在抗日战争胜利前一两年，北京一时没有什么大牌名角到上海，黄先生和也一直住在上海的老生演员纪玉良，还有一位唱"金派"（金少山）花脸的票友张哲生（他本人是海关职员）合作，在当时的八仙桥黄金大戏院（后来改名为大众剧场）演出，至少在唱的方面满足了京剧观众的要求。他们三人都是"好嗓子"，戏院用"满宫满调"四个字来宣扬他们演唱时的现场效果。那时我还很幼稚，不识货，没有去看过。但看过的人都说："过瘾，过瘾……"

黄金大戏院曾经由周信芳（麒麟童）先生接办过好多年，其间也邀请过几批北京名角来演出过。但更多的日子周先生自己领衔，排演一些整本的老戏。周先生当然是很响亮的头一块牌子，小生有俞振飞，但合作的其他行当的演员也都赫赫有名，好像记得老生纪玉良也参加了，花旦有王熙春，花脸有袁世海，武生有高盛麟，小丑有刘斌昆等。不久，黄桂秋先生也来加盟了，他是不可或缺的正旦。如周先生要唱全本的《红鬃烈马》，王宝钏一角非由黄先生担当不可，否则整出戏就缺少了分量。戏院每天排出的剧目，一般都是周先生最后压台（俗称"大轴戏"）。但有三出戏周先生是让黄先生来送客的。一出是吹腔《贩马记》，剧中黄先生演李桂枝，俞振飞演赵宠，周先生则演受冤屈坐牢的李桂枝的父亲（好像叫李奇吧）。一出是《三堂会审》，黄先生演苏三，俞振飞演王金龙，周先生演参加审问的臬台大人刘秉义俗称"蓝袍"。主角自然是苏三，"蓝袍"是配角，但周先生自有机会施展他的"绝艺"，让人印象深刻。在他与"红袍"潘必正一起去拜会上司王金龙后，作揖告辞，这时周先生有个退三步又进三步的弯腰拜别的动作，这就要看脚底下走台步的功夫，每每演到这里，台下观众止不住轰然叫好。先于苏三的唱而得到彩声，照老戏班的规矩是不可以的，但轮到周先生来演就是"特例"，不受此限制。后来我看别的麒派老生演蓝袍，多数没有这一招，大概知道自己毕竟不是周先生，没有他那个功夫，不敢轻易尝试

　　还有一出大戏，就是全本的《白帝城》，亦即历史上有名的"彝陵之战"。三国时刘备为义弟关羽报仇，起兵征讨东吴，被陆逊火攻打败以致全军覆没，刘备在白帝城去世。这出戏前面都是以周先生演的刘备为主，最后身在东吴的刘备妻子孙尚香夫人，闻耗去江边遥祭完毕，自己也投江而死。这就是传说最难唱的京剧青衣戏《祭江》，也是黄先生享誉最隆的看家戏。据黄先生告诉我，青衣戏有

"三祭"最难唱，一就是《祭江》；二是《祭塔》，白娘娘被压在雷峰塔下，儿子许仕林中了状元之后前去祭拜，母子相会。这戏是张君秋的"绝活"，唱功很繁重。当母亲向儿子诉苦时有大段的"反二黄"，但听得人有点恹气，后来张君秋把原先的唱词删掉不少，让学张的几位年轻的女旦也能唱了。

还有一祭是什么？黄先生想不起来，我更不知道了。

且说周信芳演《白帝城》，到最后孙夫人祭江，他实在找不到可演的角色，只好让黄先生独自"压阵"，果然盛名无虚。在京剧观众的心目中，这出《祭江》就归黄桂秋独家所有，别人要唱，也得拿黄先生的版本作对比。

不禁想起一件事，上世纪50年代末，黄先生因家庭生活闹纠纷，被公家知悉，对黄先生开批斗会，并给予处分，有几年不能上台演戏，只能在剧团里做杂务。直到60年代初，客观形势有所缓和，黄先生被解除管教，可以登台亮相了。头一天就演《祭江》，那晚观众简直疯狂了，剧终谢幕达十几次。黄先生那几年受的窝囊气也一扫而空。

我的思路马上又回溯到上世纪50年代初，我刚认识黄先生不久。有一天下午奉召到他家。原来黄先生刚刚由外地演出回沪，急于要告诉我一件事：他这次到了安徽的芜湖（还是安庆？），这里也是长江流域的一个大码头，昔年米市的交易十分繁忙。当地人有爱看京剧的传统，盖叫天、张翼鹏父子昔年都去演出过。现在黄桂秋去了，一到就有人告诉他，在离开芜湖不远的江面上有座小岛，岛上建造了一座小庙，供奉一位女神，叫枭虮娘娘，传说就是三国时孙权的妹妹孙尚香，由于政治原因嫁与刘备，起先随夫住在四川，几年后被孙权假借母亲之命，骗回东吴，一直没有回蜀。后来听到了刘备的噩耗，立即拜别母亲，来江边祭奠，毅然投江殉节。据说孙夫人的故事就发生在芜湖附近。人称刘备是枭雄，所以孙夫人便叫枭姬，谐音枭虮。这个传说让黄桂秋十分感兴趣，随即偕同剧团的人择日登上这座小岛，参拜了枭虮娘娘庙。娘娘的神像打扮就像戏台上的皇后娘娘差不多。最让黄先生感兴趣的是神座两旁的一副对联。上联"思亲泪落吴江冷"，下联"望帝魂归蜀道难"。从此黄先生每演《祭江》在孙尚香出行的"仪仗队"（即前面的龙套）中，就撑出了这副对联。这是"黄派祭江"独有的场面，别人是弄不懂的。

黄先生饶有兴味地把这段"奇遇"告诉了我。我就用他的口气写了一篇游记，分上中下三段发表在当时的《新民晚报》副刊"繁花"上。写这篇文章时我翻阅了前人的笔记，考证了这副对联的来历。大约是唐宋年间，有位举子参拜了这座小庙，心生感慨，就用前人的诗句集成了这副对联，很贴切地表达了孙尚香当时的心事。据说当天夜里，这位举子梦见一位装束严整的娘娘来向他拜谢……

用黄先生署名的文章在报上发表引起朋友们广泛的好评。黄先生满心欢喜地把我找去，连连对我说："写得好，写得好……"还告诉我，香港的报纸也转载了。

我的感受是：自此以后，黄先生对我这个与他儿子黄正勤差不多大的年轻人，信任加深了。

自此以后，我每隔个把星期或十天左右，总要到黄先生那里去同他聊聊天，有时候相隔的时间长了，见面时黄先生总要说一声："怎么好久不来啦？"

　　我确实也很愿意接近黄先生，很欣赏他那台下的风度。记得我第一次由黄正勤领去他家。刚进门，黄先生由客堂出来往楼上跑，时值冬令他头戴深黄色的皮帽子，身穿蟹青色的皮袍子，手捧茶壶，温文尔雅，像一位旧式大家庭的贵公子。后来接触的次数多了，听他颇有书卷气又富有幽默感的谈吐，又觉得他很有学养。谈书画、谈掌故、谈世道人情，爽朗自在，还有点"海派"的味道。更让我有点暗暗惊讶的是黄先生虽然唱旦角，但私底下却没有一点"女人腔"，相反的倒有丈夫气。黄先生也痛恨男人搞同性恋。有一次他从常州演出归来，我去看他。不想他一见面就恨恨地说："这一次我他妈的掉在'兔子窝'里了！"原来同去的那个票友下海唱老生的以及他来往的一些人，都是"男妓"一类的货色，旧时称这种人为"兔子"。

　　平常在黄先生家里进出的客人也不大有戏班里的同行，偶尔有个把女弟子或男票友来看望他。黄先生平常结交的好像都是一些有身价的经理老板之类。比如很早就去了香港的颜料商荣梅莘（"上海二小姐"谢家骅的丈夫），就跟黄先生很要好。儿子黄正勤的岳父也是个企业家。上海小报界的几个有名的文人跟黄先生也是好朋友。

　　黄先生不吸烟而嗜酒，每顿必先饮几小杯白酒后才吃饭。据说黄先生演戏出场前也要饮酒。他的学生男票友朱永康先生也学了老师的这一习惯。早先梅兰芳先生还没有移居北京，家在上海马斯南路。有一天黄先生去看他，两人谈得很投契。梅先生对黄先生说："你戒酒，我戒烟（香烟），咱们好好的再唱几年。"黄先生一回到家里就兴奋地跟别人讲了梅先生的这几句话。不过黄先生也一直没有能够戒酒，也许他后来患的肺萎缩病越来越严重，连平常的食物都不大吃得进了，何况是酒。

吃酒一定要有菜，黄先生家里没有雇用厨师，但有个娘姨会烧菜，家里都叫她"老姑娘"，大概没有出嫁过。"老姑娘"的本事是能将最普通的菜烧得极有味道而且不放味精，哪怕是一只花生米拌芹菜，吃起来也脆嫩鲜美。天冷了，菜桌上总要上一道汤，原料并不考究，只是将几样吃剩的小菜烧成一砂锅杂烩汤，热气滚滚地端上桌来，随手一把切碎的青葱撒下去，再撒上一层胡椒末，香气扑鼻，黄先生连声叫"好!"

黄先生每次到外地演出，"老姑娘"总归随行，这样黄先生既能吃得好，也不用花太多的钱，更主要的还是对口味。

于是就要谈到黄先生的家事（不是"家业"）。我这人素来不喜欢打听别人的家事，即使很要好的朋友也不问。他有时候告诉你一点就听一点，听过算数，绝不追根究底。说来不信，我连自己的家事也不清楚。祖父名字叫什么、干什么，我也不清楚。因为没有等到我出生，他就死了。祖母是很疼爱我的，但到我五六岁的时候，她老人家也故世了。

黄先生是老伶工旧称"老夫子"陈德霖的学生。听唱片，陈德霖的唱高亢挺拔，很古朴。所以黄先生的唱也有点这种味道。大概陈德霖的传人最有名的也就是黄桂秋一个。

黄先生学成以后，最早是搭马连良的班子。此时马连良已享大名，无论到哪里演出卖座总是好的，因此初出茅庐的黄先生也沾了些光，成名了。后来不知怎么和马先生分手的，说不清楚。

黄先生年轻时就像一个翩翩的贵公子，结了婚，但和这位原配的夫人感情不合，后来就分居了。黄先生住上海，原配夫人住北京，儿女都是她生养的，只有二儿子随父亲在上海学戏，就是"正"字辈小生黄正勤，黄先生管这个儿子叫"小二"的。

黄先生在上海讨过一个女人（我没见过），姓什么我忘了。大家都对她的口碑甚好，说她很贤惠，黄正勤就是她抚养大的，后来不知得的什么病，死了。大家都很惋惜。

黄先生又曾和一位有名的沪剧女演员谈过恋爱。后来这位女演员同时又爱上了同行的一位男演员。有一天，黄先生到这位女演员家里去，一进门，看见那位男演员正坐在房内，黄先生赫然变色，转身即走，从此就断了往来。黄先生曾经对我说："她居然会看上这种人，像个卖肉的……"

还听人告诉我，50年代末（还是60年代初），黄先生被批判后，罚他在天蟾舞台劳动。有一天，这位沪剧女演员路过来看他。不料一见面，黄先生顿时将手中的扫帚畚箕朝地上一掼，掉首而去。大概此时黄先生想的是"我不要你来可怜我……"

还有一位越剧女演员很早就很爱慕黄先生，她就是李慧琴女士，也很有名。她和小生尹树春合组春光越剧团，其地位只比戚雅仙毕春芳的合作越剧团、尹桂芳徐天红的芳华越剧团略逊一筹。后来春光越剧团被动员后去了甘肃省兰州市，尹树春李慧琴都去了。不多久，李慧琴可能在那里过不习惯，回了上海。住一阵再去甘肃，再回上海。如此几次来回，就真的不去了，好像也脱离舞台了。

李慧琴对黄先生的迷恋，好像是"前生注定"的一段姻缘。起先只听她喜欢听黄先生的唱，买了黄先生的全套唱片，空下来就放着听。黄先生大概也知道有这么一位红颜知己，起初好像接触不多。至少我认识黄先生的头两年，没有听他谈过这件事。但到了1956年至1957年间，黄先生好像和李慧琴的来往多起来了。那时李慧琴家住西藏南路，深闺独守，用黄先生的话来说："人家还是个黄花闺女呢！"有一天时近中午，我去黄家，黄先生也刚好从李慧琴那里回来，穿着笔挺的西装（乳白色上装，藏青西裤），还打了领结，听他说话，一副很兴奋的神气。

但是，黄先生家里还有一个女人，大概四十岁左右，很干练很清爽的样子。她像在管理着黄先生的家庭内政，还管理着黄先生的演出事宜，黄先生到外地，她也跟随。她究竟姓甚名谁，我不好问，但黄先生管她叫"大爷"，我也跟着这样叫。

1954年，上海举行华东戏曲会演，田汉先生到上海来了。黄先生请田汉到家里吃饭，在座的有黄正勤夫妇，也有这位"大爷"，还有江苏南京的一位戏剧作家宋词（已故），此外不知还有谁。后来听剧作家宋词告我：席间，田汉举杯向黄先生和这位"大爷"，还有黄正勤夫妇说："祝你们老夫妻小夫妻合家欢乐（大意如此）……"席面上一下子弄得有点尴尬，黄先生连忙为"大爷"辩解："她是正勤的干妈……"

到了1957年，"反右"的声浪已经铺天盖地了，我那时还没有被"波及"。有一天到黄家去，隐隐感到这幢房子里也透露着某种不安的气息。那位"大爷"忽然按住我坐在沙发上，她也坐下来，听她谈自己的遭遇，更谈她与黄先生的恩怨。当时我没有记录，现在大致能想得起来的就是她原来也是一个好人家的很有才干的女儿，后来由父母做主嫁给了一个有钱人家的子弟。人家要讨她这位小姐，特地租下了华山路枕流公寓的房子，后来又买了新式的里弄房子。生活很优裕，就是丈夫不称心，肚子里倒是有点学问，但样子脾气不讨人喜欢，平常为人大概也不合妻子的意愿。但他却喜欢京戏，爱跟演员交朋友，其中最要好的就是黄桂秋，彼此到了"通家"的地步，妻子自然也参与其中。至此我才明白，有时黄先生留我在他家吃饭，桌上总有个光头圆脸、戴着黑框眼镜的中年男人在座，总是一声不响的。有次黄先生指着他对我说："他是很懂戏的。"他笑笑，还是不响，吃过饭就到别屋去了。他大概就是"大爷"的原来的夫君。

现在黄先生与李慧琴的感情日益发展，要论嫁娶了，这就不能不先解决两个问题。一是与北京的原配夫人办离婚手续，这倒问题不大，儿女也不反对，反正嫡亲的儿女与父亲的关系是可以保留的。

再就是要跟这位"大爷"乃至她的一家断绝关系，这就引起了摆不平的男女纠纷，终于闹到外面去了。当时正处于"反右"之后，紧接着又要实现"大跃进"，从南到北处于那种严厉的政治气氛中。黄先生的事情正好成为当时戏曲界的一个反面典型，遭遇可想而知。因为我已被打成"右派"，自顾不暇，黄先生怎样受苦受难，我也不敢打听，有些是后来听说的。还听说是那个"大爷"的丈夫向有关方面告发了黄先生。不过这对夫妻本身景况也不好。反正后来在黄先生的家里看不到他们两人的影子了。

转眼到了 1962 年，客观形势大为缓和，我也摘了帽子，又恢复做记者，不过在"使用"上有限制，我不能接触以前熟悉的戏剧界，只有评弹界可以去跑跑。以前认识的一些名演员，我也不敢去找他们，但他们的消息还是会不时传到我耳朵里来。比如黄桂秋先生，听说他也被解除了处分，可以上台演戏了。还听说他头一次登台，台下观众反应如何如何热烈。好像那时的观众有点跟当时的一些政治斗争有心对着干，你越是说他不好我越是要捧他。比如也打成"右派"的弹词家张鉴庭，每逢开什么演唱会，只要他一露面，台下顿时疯狂，要他唱了一曲又一曲，简直不想让他下场。

我有个朋友魏绍昌（已故），是上海市作家协会资料室的负责人。他在历次运动中都没有被波及，时常去看戏。现在黄桂秋正式加入了由天蟾舞台的基本演员为主的新民京剧团。"新民"排了老戏《雁门关》，剧中黄先生饰演萧太后。魏绍昌去看了，对我发表观感："黄桂秋的气派真好，只要他一出场，就把台上的其他人压倒了……"

我一听，情不自禁便买票去看。我的座位离舞台很近，台上的黄先生似乎看见了台下的我，嘴角微微一动，是微笑的意思。故人无恙，也许他和我有着同样的心情。

我们又恢复了往来，当然还是我去他家，"老姑娘"还在，现在黄先生身边的人，好像儿子和媳妇之外，就剩下"老姑娘"了。

是一个夏天的下午，我又去了黄家。黄先生只穿了件汗衫，家常的长裤，赤足。我穿的是西装短裤，也是赤足。这天黄先生硬要留我吃晚饭，就在二楼的阳台上，摆了一张小方桌，我与黄先生对面而坐，喝的还是白酒，小菜还是拌芹菜、咸肉等，只三四样，还是"老姑娘"的手艺，任何菜都不放味精，最后上来一只豆腐汤下饭。这天我和黄先生谈得很畅快，谈的全是世道人情。

不过此后我去黄家的次数少了，因为形势又逐渐紧张起来了。他的戏倒去看过两次，其中自然有他的拿手戏"祭江"。这时明显地感觉黄先生的唱，不太饱满了，每一句都唱得很短促，声音好像只是从喉咙里发出来的。后来听说，黄先生的肺部有病，运气比较困难，只能靠技巧发声，唱起来像充满了"逗号"的文句，显得有点吃力的样子，不那么自在。

到1964年以后，形势日趋严峻。除了工作上与人"以礼相见"，私下我简直不敢结交什么朋友。黄先生那里，我几乎绝迹不去了。京剧正提倡演现代戏，黄先生自然也没有机会登台了。有一天下午在淮海中路思南路附近，与黄先生劈面相遇，他身边是李慧琴，两人谈得很融洽，我不好打扰。黄先生倒是看见我了，只略略点了点头就擦肩而过。

再以后"文革"爆发，我于1970年被遣送到南京梅山炼铁基地，直到1976年调到金山石化厂，1978年被上海文艺出版社借调回上海市区，如今我只是珍惜着现在好不容易得到的家庭生活，别无他念。文艺界的一些老朋友，偶尔遇见了打个招呼，再略为谈些劫后余生的话题，别的也没有好说的。但是有一天我从出版社早早地出来，忽然遇见黄正勤，问起黄先生，然后就毫不犹豫地随他到了黄家。正勤把我领到二楼房门口，说了句"他在屋里"就直上三楼而去，看样子他们父子之间有问题。

因为窗帘都拉着，房间内很幽暗。黄先生在靠北墙的椅子上瘫坐着，旁边就是卫生间的门，进出几乎不用走几步路。他脸色苍白，人已经瘦削许多，身上穿着两三件羊毛衫。见了我，似乎也没有感到什么惊喜，表情淡淡地说："我这病亏得慧琴了，她前世里少欠我的。"李慧琴在不远处忙着什么，没有搭腔。

我问他："吃得下吗？你应该多吃点。"

"吃哩，怎么不吃！"他说，"慧琴想法子变花样，饺子啊、面啊、烧饼啊……我总是吃不下。"

又谈了些别的，他关心起我来了："你现在一个月拿多少？"

"八十元左右。"我回答。

"也够了。"他说。

我简直想不出说些什么话来安慰他，他也没有什么话好对我说。反正已经到了这一步，以后的变化是可以想见的。他和我可能都是这么想的。

我又坐了一会，告辞了。

大概过了两个月的光景，正勤骑了车到我家告知："爸爸走了！"又说了追悼会是哪一天，即上车而去。

追悼会自然放在龙华火葬场，居然借了大厅，到的人不少。主祭者是俞振飞先生，他的悼词等于是给黄桂秋平了反。

李慧琴哀哀地在边上站着。她身边是她的姐妹，一直定居在香港。我心里暗暗忖度：大概李慧琴不久也要到香港去了。

也不知过了多少日子，已经是1986年了，一天，原上海文化局戏曲干部，也是黄桂秋的学生肖维璋兄打电话通知我：某一日到黄家吃饭，因为这一天是黄先生的八十冥诞。李慧琴关照一定要去。

我去了。那天人不多，只是肖维璋和我，记得还有一位黄先生的学生。一张桌子上供着黄先生的遗像，清香一炷，果品数盘。"老姑娘"不见了。李慧琴在厨房里忙着，一会儿托了一个大盘子上来，就是一砂锅鸡汤，另外两只炒菜。不在乎吃，只是几个熟识的又谈得来的老朋友聚聚。

我注意到李慧琴的神态，已经不那么悲痛了，但一说起黄先生，依然止不住一脸的哀怨。她和黄先生相恋了那么久，直到1968年才成为正式的夫妻。1978年黄先生去世，十年的朝夕相伴，李慧琴只是侍候了一个多病的而性情又暴躁易怒的老人。有一次，黄先生大小便失禁了，李慧琴忙着为他收拾，他还要发脾气，怪李慧琴不早点做准备。等到一切舒齐，黄先生刚刚躺下来，忽然拉住李慧琴的手说："你骂我呀！怎么不骂呀？你骂了我心里才好受一些……"

李慧琴对我们说："对于他（指黄先生），我什么都可以原谅。"

又过了一年，忽然听说李慧琴也去世了，致命之患是"贲门癌"。

我不懂医学，但主观认为：李慧琴所以得这种病，会不会是因为失去了她最爱的黄桂秋，整日过度地忧伤郁结所致？

这一对患难夫妻终于能在天上相聚，永远也不分开了。

完成于 2017 年 4 月 26 日上午

附：

陈德霖传艺黄桂秋

陈志明

　　黄桂秋生于 1906 年的北京，祖籍原是安徽安庆。他 18 岁在北京汇文中学高中毕业后，曾进入北京电话局任话务员，因自幼爱好京剧决心下海。据传初从吴菱仙学戏，后来又想拜王瑶卿为师，王瑶卿也想收他这个学生。正打算写帖子，忽然又收到一封帖子，是"老夫子"陈德霖收徒，而徒弟就是黄桂秋。这样就把王瑶卿得罪了，后来连北京也不好待了，只得南下。

　　黄桂秋拜陈德霖为师，是北京的实业家赵汉卿介绍的。陈德霖是个老好人，却不过赵汉卿的情，便收了黄桂秋。

　　陈德霖（也是我祖父）在京剧界，属于"祖师爷"一辈，有很高的声望。1941 年黄桂秋第四次到上海演出（后就在上海定居），在当时的演出特刊上说："提起陈德霖老夫子，真使我感恩难忘。现在承蒙人家谬赞，说我唱老夫子的旧戏很有根底，怎么好，其实都是得自老夫子的传授。不过他是好角，而非戏教师，教法却和一般说戏人不同。他只是一丝不苟地教我，像上台演戏一样，可以说是'傻教傻学'，这样竟 5 年没有间断。那时候老夫子很看重他的爱婿余叔岩，所以派我和余老板配戏，做了专定旦角，也是承他老人家的青睐与厚爱啊！"

陈德霖教戏，主张"艺要精传"，反对"艺轻传"。他教黄桂秋的第一出戏是《祭塔》，这是有原因的。陈德霖38岁那年，嗓子一度像是"塌中"，为了恢复嗓音，他每天很早起床，步行到陶然亭一带遛弯、喊嗓，并请名琴师陈彦衡操琴，每天就吊一出《祭塔》。如此苦练，数年之后，嗓音恢复，而且比以前更为动听。如《祭塔》一剧，唱词长达44句，高低音相差两个8度，行腔非常考究，没有一条好嗓子是难以胜任的。反过来说，能把《祭塔》唱顺溜了，再唱别的戏也就比较容易了。

陈德霖教黄桂秋的第一出戏就是《祭塔》。唱时，陈德霖在旁边听，往往一段腔要唱百遍，唱熟了还得一次又一次进行复习，直到完全瓷实，老夫子认可为止。

除了余叔岩，黄桂秋曾先后与马连良、高庆奎、言菊朋等名须生搭班，演过好多戏。在长期的舞台实践中，黄桂秋除了谨守陈老夫子的真传，又不断吸收四大名旦之长，结合本身的天赋，创造了深受南方观众欢迎的"嗲腔"。这在《春秋配》一剧中，"嗲腔"的运用最为突出，因此《春秋配》也成了黄桂秋的代表作。

1930年7月，黄桂秋与贯大元、芙蓉草、茹富兰等到天津演出，陈德霖应邀随行，为爱徒助阵。一天还同台演出全本《红鬃烈马》，轰动天津剧坛。但当时天气异常炎热，陈德霖已老，又体弱多病，长期患小肠疝气，不宜上台。但海报已经贴了出去，不能不唱，但戏唱完就觉体力不支，返京后卧床不起，未半月竟因伤寒症而谢世。社会上为此有议论，陈家的人也难免对黄桂秋有看法，尤其是余叔岩意见最大，于是黄桂秋就不得不疏远了老师的一家。但1940年后黄桂秋回京组班，又和陈德霖的儿子陈少霖（也是我先父）同台于吉祥戏院，两家算是恢复交往了。

黄桂秋一生从未忘记过"老夫子"陈德霖对他的教诲。我祖父死后，黄桂秋寄来挽联，表达他的哀思。挽联如下：

"门下自多悲，忆平日训受崇庭，栽培有术，方期再二年共颂古稀，分弟子以荣光，永得春风垂厚谊；

座前难久待，恸此疾灾侵小竖，抢救无方，竟在这一时同惊大讣，吊先生之长逝，以兹词韵弃遗编。"

秦绿枝附记：本文作者陈志明先生是京剧界先辈陈德霖的长孙。1998年7月的一天，他不知从什么地方知道了我曾与黄桂秋生前"交往甚厚"，而1998年又是黄桂秋逝世20周年，便寄来此文，希望能在《新民晚报》刊出。但1998年我已退休在家，早就不上班了。而上海的京剧界早就忘了黄桂秋，在他去世20年之际并没有什么反应，我也找不出理由向报社推荐此文，随手放在一边，竟至忘了此事。不想又是20年过后，我写这本小书，写到黄桂秋，搜寻旧箧，发现此文，便略修改后附录于此。希望至今仍健在的陈志明先生能原宥我的疏懒大意。陈志明先生本人不唱戏，写此文时是北京科学技术出版社的副编审。

葆玖先生

梅葆玖先生去世了！噩耗传来，我作为一个老派的京剧爱好者，难免泛起无限的感伤。因为失去一位卓有成就的名家，也使京剧本身失去了一抹光彩，减少了一些分量。

葆玖先生患的是急性气管痉挛症，这真是致命的疾患。唱京戏既要有嗓子（声带好），也要会运气，气管就是必经的要道。京剧演员常常说要"保护嗓子"，其实也就意味着要保护气管，乃至整个口腔和喉部，连吃什么也要注意。当年京韵大鼓鼓王刘宝全到上海，梅兰芳先生请他吃晚饭。餐桌上有一味红烧肉，梅先生想搛一块给他。不想刘宝全表示谢绝。说待会儿上了台，怕"唱出来的声音有红烧肉的味道"。意味着油腻腻的不清纯，不好听。梅兰芳先生即使在"三年困难时期"，以他的名望，吃得不算太差，到了六十八岁，也不算太老，先是觉得心口老是有点闷，有点疼，以为是胃不好，不甚重视，等到了医院一检查，才知道心脏病已处于非常危险的地步了。如今八十多岁的梅葆玖先生已可列入高龄老人的队伍，近年虽然不大登台演出，但其他的活动想必还是不少，说话要用嗓子，有时难免要唱上一段；还有气候时冷时热的变化，气管已经老化，其实已经不起折腾，葆玖先生也许忽略了这一点，以致一发而难以救治。我说这些，极有可能是毫无根据的瞎猜，但对葆玖先生的突然远去感到非常痛惜的心意是真诚的。

葆玖先生生前，我同他并不熟悉，当然也谈不上有什么交情，但在台下与他见过几次面，至今还记得有两次。一次是在1979年的春夏之交，那时我还在文艺出版社，与同事武璀去北京为即将创刊的《艺术世界》组稿。这一天下午去新帘子胡同梅府拜访翻译家梅绍武先生，他是葆玖的二哥。同时也拜访了许姬传先生，我们都坐在正屋的客厅内谈话，一会儿梅兰芳夫人福芝芳从卧室出来了，我们又得以拜见了这位有名的老太太。再一会儿，葆玖也来了，他不住新帘子胡同另住别处。他就坐在客厅门口的凳子上，向母亲和哥哥谈将要演出的事。那年葆玖四十五岁，看上去不过三十多，很年轻的样子。

又一次是1994年，已故的电影家又是京剧名票的程之为他父亲谭派名家程君谋举办纪念演出，为期两天，最后一天的大轴戏是特地从北京赶来的梅葆玖先生与尚长荣合演的《霸王别姬》。次日在市政协开座谈会，葆玖也来参加，记得他穿着深藏青的夹大衣，梳着整齐的黑发，风度不减当年，发言时说："我都六十啦……"

我不禁又想起葆玖年轻时的一些传闻。听说他从小就喜欢摆弄电器，而且很能领会其中奥妙，以致"文革"时期，剧团就让他当了电工，他也很尽职，这是听北京一位女演员说的。

又听说他年轻时曾经向要好朋友透露："将来想当一位银行家。"这也是有来历的。因为他父亲梅兰芳先生的要好朋友中就有好几位银行家。其中与梅先生交情最深，协助梅先生艺术事业发展最为出力的当属早先是中国银行高层领导的广东人冯耿光先生。从前冯家和梅家一直有着亲切的往来。"冯家爸爸"不仅在梅兰芳先生的子女，也在他的徒弟和其他小辈的心目中有着崇高的地位。受着这样的影响，葆玖曾经有过当银行家的想法也是很自然的。

但他还是学了戏，这是因为他既有唱戏的天赋，也实现了家族尤其是母亲的殷切期望，真正能成为一个"小梅兰芳"。不过他从来不用这个头衔，何况已被早逝的李世芳用过。我说的是在实质上能把他父亲的艺术成就继承下来，甚至有所发展。我相信葆玖追随父亲多年，台上台下，朝夕相处，自有其独特的领悟之处。"文革"后，梅葆玖独当一面，自领一军地在舞台上奋斗多年，从南到北，从国内到国外，足迹走得比他父亲还要广远，终于取得了应有的地位。他的艺术造诣究竟如何，相信自有公论。在我看来，至少在唱的方面，梅葆玖已经达到了很高的境界。

梅派艺术在早先是在广大群众中最为流传，最为人们喜爱的艺术。而在票界，也是以"男旦"学梅的为多。我最早听到的就有"汉口梅兰芳"之称的南铁生先生。他后来竟然正式下海，成为梨园中人。上海则有从重庆来的杨畹农，上世纪 50 年代成了戏校的专业教师，是名旦李炳淑的启蒙者。还有包家三兄弟，又以包幼蝶先生最为有名。此外我想得起来的还有在纱厂做事的"扬州梅兰芳"焦西辰，在银行工作的蒋肇邦，还有"南京梅兰芳"喻志清等诸位先生。现在的票界中，有哪位是"梅兰芳"或者是"梅葆玖"，我就不知道了。我女儿在业务上结交的朋友中，有位男青年长得很清秀。今年春节他与别的朋友到我家吃饭，交谈之下，他竟然也是学唱梅派青衣的，我大为欣慰，答应有机会推荐给与我同庚又比我清健的梅兰芳入室弟子舒昌玉先生，请舒老为这位青年调教一下。

葆玖先生生前收了一位胡文阁，对他的传授甚是尽心。胡文阁原来是唱歌的，而且唱的还是女声，后来改行唱京戏，学梅派，路子走对了，听说已经学了不少梅派戏，相信已得到了一些声誉。但后来能有多大发展，很难说。因为这不完全取决于他个人的努力，还要看客观形势的需要。后人的事只能由后人来担当，老一辈的人管不着，也不用你管。葆玖先生，您在世时已经对京剧梅派艺术的传承尽了心，尽了责，既然违拗不过自然规律的运行，那您就好好安息吧！

刊登于 2016 年 4 月 26 日《新民晚报·夜光杯》

当代祢衡陈大濩

陈大濩这位京剧老生演员，我敢说现在知道他的人不多甚至是很少的了。他原来是杭州的一位京剧票友，后来在上海正式下海吃这碗"戏饭"，再后来（大概是上世纪60年代）又调回到杭州，直到1988年7月1日去世，算得上是"叶落归根"了。

我少年时期看报纸，新闻不大注意，但戏剧消息或有关谈戏谈演员的文章倒是很留心的。陈大濩此人一些事情最早也是在报纸上看到的。记得他原来是在铁路上做事的，实在太爱唱戏，几乎把所有的精力和时间都花在研习京剧上面。他崇拜余叔岩先生，自认对"余派"艺术的唱念颇有心得。他和上海的一位也自认是"余派"票友范石人曾一同去北京，想拜余叔岩为师，可惜未能如愿。因为这时余叔岩的身体已经很不好，整日淹卧床榻，不可能再收徒弟了。据陈大濩自己说，他们进了余家的大门，也见到了余先生，但一看情形，不便开口，只磕了一个头，就拜别而去。

但也有人说，陈范二人根本就没能进门，因为余先生事先知道此事，拒绝了。还有人说得更"损"的，说余先生根本就不愿意收他们这样的学生，还说陈大濩的个子矮，不适合唱老生，等等。反正都是传闻，姑妄听之。不过余叔岩收徒弟确实很严格，能正式立雪余门，得余先生亲自指点的没有几个人。我所知道的只有，一、谭富英。余先生是看在他祖父谭鑫培的面子上收他的。余先生教戏很严格，一出《战太平》中花云出场的那几步路，谭富英走了好多次都没有得到余先生的首肯，后来就知难而退。

二、李少春。余先生倒是确实教了李少春好几出老戏。但李少春还兼演武生，尤其是"猴儿戏"（孙悟空）也要演。余先生不赞成，认为"猴儿戏"的动作会影响老生的形象。李少春又不能不演，一家人就指着他养活，"猴儿戏"又是上座率最好的。余先生不开心了，师徒的感情就此冷落了。

三、孟小冬。这是余先生最花心血教出来的一个女弟子，孟小冬也最听老师的话。首先，进入余门之后，就与过去的舞台生活断绝关系，不管自己曾经拥有过多大的名声，但一跟余叔岩学了戏，就一切从头来起。孟小冬也舍得花钱花功夫。余叔岩的女儿出嫁，孟小冬送的是一房间的新婚家具。余叔岩教戏总在夜阑人静之时，孟小冬侍候老师过足了瘾（抽鸦片），并尽心为老师烧烟。老师精神来了，这才开始说戏了。等到可以上台演出了，还是要遵守老师的规定：先演哪出戏，后演哪出戏，都由老师说了算。也不能否认，学"余派"的老生，以孟小冬的造诣最高，成就最为突出。1947年杜月笙过六十岁生日，孟小冬演的《搜孤救孤》，不但震撼当时，而且余音缭绕，直到今天也没有哪个人能超得过她。陈大濩是那么一个自视甚高的人，和他同时并已享了大名的老生演员，他一个也不认账。但对于孟小冬，他也不能不说她好。

余叔岩也教过几个票友，最有名的如张伯驹是民初的"四大公子"之一，盐业银行的大股东。但余叔岩再怎么倾心教，张伯驹再怎么用心学，也成不了一位"角儿"。

还有一个姓孙的，银行家，我一时忘了他的名字，他学得也很用功，尤其是靠把戏，但始终还是"票友"。听说后来在香港，孟小冬教学生，这位孙先生在一旁相帮辅导。

陈大濩的"余派"，多半是已打下京剧的基础以后，再行进修的专业。我想他也只能从余叔岩留下的十八张半的唱片中领略其神韵。也相信他一定有其独得之秘，不然他也不敢以此为标榜了。

我曾经在报纸上看到过捧陈大濩票戏的文章，说演《定军山》耍的"刀花"，台下有老先生连连颔首，说："有出息，有出息……"

记不清是抗日战争之前的 1944 年还是之后的 1945 年，大概总在这一时期，听说他"正式下海"了。那时我还年轻，对京剧这块园地的里里外外充满了好奇心，一点也不知道这里的水有多深，只看到一个个的名角上了台不知有多么风光，台前台后有多少人捧着他们，赚起钱来是以金条银元论价的。我以为陈大濩对此也充满了希望，并抱有信心，觉得凭着自己的这点"玩意儿"与当时几位名老生相比，不说超过他们，至少也不会比他们差到哪里。谁知头一晚在天蟾舞台露脸，就出了事故。这天他演的是全本

《失空斩》，前面的戏都顺利而过，此刻轮到诸葛亮在城楼上看见司马懿带兵而来，故作毫不介意之状，一个人边饮酒，边抒发豪情，唱的是那段有名的西皮三眼"我本是……"全段是十句唱词，他唱到第九句，"闲无事在敌楼我亮一亮琴音"，接着是做动作弹一弹琴，再仰天大笑一声，然后就要接唱"我面前缺少个知音的人"。不料当时的陈大濩竟然把这句词儿忘记了，胡琴的过门拉了一个接一个，他就是愣在那里开不出口来，台下就有人起哄了。后来有人说，这也要怪在台上演司马懿的张哲生（就是那位在海关做事的票友花脸），其实你一看情形不对，赶紧接唱下去也就把这尴尬的局面遮掩过去了，免得大家都僵在那里，让观众看笑话。

我觉得话也不能这么说，万一陈大濩事后不认账，说你（张哲生）急什么，我会很快就想出来的，现在反倒让你搅浑了……

我这样分析，是看透了京剧界的一些内部纠葛，一句话，大家谁也不服谁。我真弄不懂大濩那时怎么会想吃这碗饭的？就做个资深票友，做个业余戏剧家，多好！

大濩在台上忘词的事还不止一次，他自己也说有两次在外地演出，也因忘词唱"砸"了。"砸"就是台上出洋相的意思。

我还听说，他有次在上海某戏院唱《战太平》，华云在后台扎好靠，先要在上场门后面（俗称"帘内"）唱一句"西皮倒板"："头戴着紫金盔齐眉盖顶"，胡琴拉完"过门"后，不想他老先生又忘词了。这时亏得有位女老生演员在旁边，马上替他唱了，他这才回过神来出场而去。

唱京戏要想出人头地，我以为还是最好从幼年学起，吃几年苦，打下扎实的根底再上台，必然"头是头、脚是脚"，一唱一念，一举手，一转身，自然而不牵强。唱得好不好是另外一回事，至少可以避免出错，或者少出点错，让台下观众不致时时为你担心。票友下海，半路出家，总在这方面输与真正的内行一头。有位做过导演又演过戏的名家（我又忘了他的名字，大概是崔巍）有次看了陈大濩的戏，说："怎么靴底像跟脚脱了节似的？"这意思就是说大濩腿上脚上都没有功夫，差劲！

我认识陈大濩，始于上世纪50年代初，那时我常去淮海中路乌鲁木齐路的华东戏曲研究院（今法国驻沪领事馆）跑新闻，跟研究院的实际领导人伊兵同志（时任研究院秘书长）混得很熟，也与几位越剧编导如徐进、黄沙等成了朋友。陈大濩也在研究院上班，是京剧编剧组的一员。研究院把他吸收进来，是看中他肚子里有些墨水，指望他能在编写新戏方面发挥点才能。大濩也确实有他的不同一般之处。比如孟小冬唱《搜孤救孤》，至程婴与妻子争执时，有两句散板"人道妇人心肠狠，狠毒毒不过你妇人的心"，唱得虽然好，台下一片彩声，可是上下两个"妇人"字句重复了，而且对妇人有打击一大片的嫌疑。大濩说，其实只要改两个字，就是把上句中的"妇人"改成"屠贼"就行。屠贼就是剧中的大坏蛋屠岸贾，骂他"心肠狠"是毫不冤枉的。听起来也没有什么异样，照样可以获得满堂彩，大濩演此剧，就是这样唱的。

没有过多久，我和大濩也有点熟了。看样子他很愿意与我结交。他大概在报上看到我用"王惟"笔名写的连载《盖叫天演剧五十年》，曾对我说："你的文章写得'水灵'，不干巴巴的。"这里的"水灵"，意思是"滋润"，不枯燥，有看头。承他的夸奖，我自己倒是不觉得，只抱定一个宗旨，写文章只要让人家看了不讨厌就是。

我和他渐渐地开始来往了。那时他家住在华山路的一个大花园中的一幢小洋房内。他当然住的只是楼下的两三间，推门进去就是厨房，再进去就是客厅和卧室等，室内暗暗的，光线不太好。他夫人看上去年纪要比他大，一位瘦瘦的中年女性，不工作，是陈家的"总管"。大濩很尊敬她，听起来好像叫她"二姐"，是不是不敢断定。他们有一个女儿叫陈琪，也在学戏，唱梅派青衣，多次随父亲在电台上唱过，还没有正式成为演员，因为父亲对她的要求很高。有一次，我看见他们父女在排《汾河湾》，女儿演柳迎春，父亲同他对戏，时时叫停，说这也不是那也不是，女儿简直被惹哭了。

还有一个儿子，不常在家，有一次去我终于见到了这位少爷，瘦瘦的，但头很大，脖子很长，真像父亲。

起初我去陈家听大濩谈戏，旁边还有个干部不像干部、书生不像个书生的家伙，时时插嘴。大濩说的一些观点，他在一旁添油加酱，煽风点火，让人讨厌。后来此人现了原形，是个骗子。他在大濩那里骗吃骗喝混了好多日子，终被识破，赶走了。

大濩老是和我咕哝着："我是个演员，怎么叫我干起编剧来了？"他的这种想法领导上也知道。时隔不久，研究院所属华东京剧团要排一出新戏《游龟山》，是从地方戏（大概是河北梆子，还是楚剧？）移植过来的。剧中讲江夏县令的儿子卢玉川（？）少年英俊，一天出外游玩，路见不平，失手打死了一个欺侮平民的总督的儿子，这还得了？卢玉川逃避追捕，慌忙中躲到了一条渔船上，渔家的女儿藏匿了他。两人生出感情，私定终身。卢玉川以传家宝"蝴蝶杯"为信物。第二天一早，船家的女儿放走了卢玉川，然后来到县衙，面见卢玉川的父母，陈述一切。两老很喜欢这个未来的儿媳，再后来几经周折，对抗了总督的高压势力。卢玉川在外为国家立了功，受到皇帝的封赏，总督也无可奈何，卢玉川与船家女儿正式成亲，合家团圆。剧情大致如此，我的回忆难免有误。只知道这出戏的另一剧名叫《蝴蝶杯》。北京的国家京剧院已经排了这出戏，还是李少春演的卢玉川父亲江夏县，可见这个老生角色非常重要，非一般配角所能胜任。现在华东京剧院也要排演此剧，江夏县一角很自然就想到了陈大濩这位自视甚高的余派老生。陈大濩也接受了，但一看这个剧本，就觉得原作有许多不合理之处，江夏县的戏也不够分量，要加强。剧团方面则认为，这是兄弟剧种的"名著"，已经受到了有关方面的肯定，我们要演，首先要表示对人家的尊重，只能照搬，不能大改。而且这出戏的主角，一号二号是渔家女和卢玉川，江夏县只排在第三位，小改可以，大动不行。陈大濩不服帖，和研究院及剧团领导有了争论。

大濩找我们来评理。那时我们晚报的一位有关领导欧阳文彬同志很看重陈大濩，但也很尊重研究院和剧团的领导，就出来打圆场。一天晚上在我们报社举行了一个座谈会，大家平心静气地抒发自己的见解，再达成一致的意见。我记得那时大濩就带了那个"骗子"来参加，他说了好些"硬话"，大濩不便说的都由他说了。最后当然还是以领导的意见为主，你陈大濩首先要服从领导，如你不演，也可以叫别人来演。大濩自然还是接受了，接着那个骗子也被揭露了。不过大濩对这出戏还是作了一些小改动，比如江夏县最初出场，只是念两句"引子"，看上去不大有味道。大濩则写了一段"二黄原板"，唱词共是六句，我记得头两句是"自幼儿读诗书十年窗下，挣得个七品官老去了年华"。写得好，比原来的出场更像京剧，大濩在这方面也是有才华的，所以领导也认可了。

这戏后来正式公演时并没有在上海引起什么热烈的反应。毕竟还是地方戏的风格，京剧演员似乎很难有所发挥。就是北京李少春等演的那一台，反响不过尔尔。

陈大濩还是能写点东西出来，对京剧有所贡献的。只是"时运不济"，这话说来似乎有点迷信的意味，但事实如此。他创作或修改的戏，有的未能公演，有的只演过一二场即被搁置一旁，有的只是他自己演过却未能推广，等等。原因是什么，我现在讲不清。他的一番苦心，也许只有我这个比他小好多岁的朋友，现在还能借用文字来为他"宣扬"一下。

大濩写过一个戏叫《黄魏争功》，又名《取雒城》，是《三国演义》中的一段故事，写黄忠与魏延为攻打雒城争抢功劳的事。这出戏全用京剧老戏的写法，看起来就跟《定军山》等差不多，但剧本的文采不知要超过老戏多少倍。剧本写成后，大濩在家里向我宣读这个剧本。其实也不是读，而是口讲指画的预演，轮到要唱的地方就唱，要念的地方就念，简直是案头的彩排，我听得有点入神。

　　有一次在从北京到上海的火车上，大濩遇到剧作家吴祖光，将这个剧本给他看。祖光看过大为欣赏，并认为剧团不排这个戏太没道理了。

　　那时我们晚报还有一位领导也很懂戏并认识陈大濩，为表示支持，在晚报的文艺评论版上发表了《黄魏争功》的连载。这对晚报来说，简直是破例之举。这个戏到底演过没有呢？好像在内部演过，陈大濩自然当仁不让地演黄忠，魏延一角是贺永华担任的，他当时也是一位小有名气的架子花脸。但我只听过这出戏的录音，没有看到台上的实况。后来就听不到它的声音了。照我的分析，这出戏的唱词是写得好的，比老戏不知要高明多少倍，可惜太长，每一段都要花上好些时间，听起来未免有些腻歪。京剧的唱词每段如果超过十句以上，就要真正有本事有名望的"角儿"来承担，既要有嗓子，更要善于耍腔。大濩善于编腔，可惜嗓子不够。那时还没有发明挂在身上的小话筒，单靠台上安放两三只扩音器，演员再怎么使劲喊也送不远。昔年余叔岩上台唱戏，台下坐在三四排后的观众就听不清楚。可那是余叔岩啊，你陈大濩能跟余叔岩比吗？大濩的唱，在台下听他吊嗓子确实令人陶醉，可一上台就大打折扣。有些缺德的朋友就说他是"播音老生"，他最适合表演的地方是广播电台。

照我看来，《黄魏争功》即使被京剧界认可了，除了大濩自己，别的与他相同地位的老生也不会演。三国黄忠的戏早已有《战长沙》《定军山》等，照老前辈的路子唱就是了，多省力！演你新编的戏，先要背念白背唱词，再一遍一遍排练，太麻烦，拿到台上去，也不一定能够讨好。基于此，《黄魏争功》没有能得到推广，我看这是主要原因，但大濩的编剧能力还是应该肯定的。

大濩还编过一出戏《铸剑》，就是演古代春秋时干将莫邪的故事，在1954年上海举行的华东戏曲会演中作为新编的剧目向观摩者展演过。我记得是李玉茹演莫邪，名武生王金璐演干将莫邪夫妻的儿子剑子，他后来是反抗暴政的主角。剧中，干将莫邪先后投身烈火，终于将一对宝剑铸成。干将先死，莫邪随后殉身。死前，莫邪留下血书给儿子，要他将来长大了如何如何。写血书时有大段的唱，好像是"反二黄"。记得当时有京剧界的同行说笑话："乖乖，写这么长的遗书要多少血，恐怕两磅还不够……"京剧老戏演写血书，不过就是先做一个咬破手指，再用右手的手指做一下写的动作，同时唱上几句，脸上稍微有些痛苦的表情，就足以表达一切。唱词也是越简练越好，其中可以耍一些"花腔"，但又不能太花，反正意思让人明白了，也就可以了。

大濩还增改过一出老戏，就是《打鼓骂曹》，这是"余派"的代表作，大濩当然不敢轻易对待。我们晚报早先有位老前辈看大濩演《骂曹》，说他在台上"左顾右盼"，傲睨一切，确实体现了祢衡那种狂妄的气度。我补充说这也有点像大濩本人，他可以说是当代的祢衡。我看过大濩演《骂曹》之后的两场戏，这也是大濩自己创作的。

照《三国演义》的说法，曹操被祢衡骂了之后，何尝不想杀他，但又怕被别人说自己气量太小，以丞相之尊过于把祢衡这种人当回事，便心生一计，派祢衡去往刘表那里下书，劝说刘表归降曹操。祢衡心里也明白，这是曹操在玩"借刀杀人"的把戏，但不去又不行。谁知他到了刘表那里，竟然平安无事。刘表何尝不明白这是你曹操不肯背不能容人的恶名，而想让我来代你背，我可不干哩，于是又把祢衡推荐给对岸称霸的黄祖。

这黄祖是个粗人，见有祢衡这样的文人来投靠，起先倒蛮高兴，还设宴款待祢衡。酒宴之间，黄祖与祢衡共论天下英雄，祢衡一一回答，黄祖倒也一一认可，最后忍不住问祢衡：你看我这个人怎样？祢衡也许酒吃多了，一时忘情，竟毫不客气地说：你这人就像庙里的土偶，看看很威武，"恨无灵验耳！"这是什么话！你祢衡竟敢这样污辱我，哪里容得，黄祖一时怒从心头起，就把祢衡杀了。

大濩加的两场戏，就是演绎这后面的故事，意在说明封建文人的悲惨命运。我觉得，戏倒也看得下去，就是比较平，激不起台下观众的兴趣，看看也可以，不看也无所谓。如果这位老生确实唱得好做得好，那么前面的《骂曹》也足够他发挥的了。

据我所知，大漉加的这两场，别人没有演过，他自己也不大演。总算对得起朋友，我在晚报写过报道，为他吹嘘过。我可能也是瞎起劲，因为当时读者并没有什么反应。

"文革"以后，大漉自杭州来沪，收上海京剧院的缪斌先生为徒，为他排了《骂曹》，听说大漉对这出早已定型的老戏也作了些修改，不知效果如何。作为老朋友，我心里暗暗嘀咕，大漉也真是吃饱了饭没有事做，就来瞎折腾。老的《骂曹》已经唱了将近一百年，你还改它做什么？一句话，他还是要表现自己的抱负，到老不悔。可惜天不如愿，奈何！

大概在1953年至1957年"反右"之前，我和大漉交往的次数是很多的。过些日子他就会打电话来要我去聊聊。上面说过他先住在华山路，我老远地跑去，又时值下午，差不多总在他家吃了晚饭再走。大漉也会烧菜，最拿手的是生炒牛肉丝，我吃过一回，味道还可以。他夫人说他不过就是油放得多，而现在食油供应有限制，经不起他在灶头上浪费。一个热天的下午，他还约我一同去离他家不远的"华园"一幢小洋房内，拜望了言慧珠。这位前"京剧皇后"，在花园内请我们吃茶，然后请我们听俞振飞唱昆曲的录音。那年份，有录音机的人家是很少的。不一会，俞振飞夫妇翩然而至，他刚从香港回上海不久，身上穿着格子纺短衫裤。夫人黄蔓耘，听说原是从武汉一个豪富人家出来的太太。我说不清是1955年还是1956年，黄夫人因病故世了。

又过了些时候，大濩告诉我，他搬家了，搬到茂名南路南昌路的南昌大楼，这也是一幢有名的高级公寓，能住进去的都非等闲之辈，都是有身价名望的。领导上肯把这样的房子分配给陈大濩，说明了对他的重视，至少他列入高级知识分子一流。

南昌大楼离我家不远。我家住雁荡路淮海中路，走过去花不了几分钟，因此我与大濩的来往更加频繁了一些。不过，他要是不叫我去，我是不会主动去打搅的。有一次记得是春节前的年三十晚上，我先在家与父母吃年夜饭，匆匆吃完，又被叫到大濩那里去再吃，其实已吃不下什么，无非又可以开怀畅谈一番。

谈的话题多半还是戏。关于京剧的知识，说老实话我也从大濩那里讨教了不少。就是一样，他认为自己说的总是对的，如果我从别的演员（哪怕也是名角）听到的再来告诉他，他往往总是一声："他懂什么？"一脸的不屑之色。

对当代的几个享了大名的老生演员，只有谈到谭富英，大濩的口气稍微客气些，没有说过愤慨的话。当然啰，谭富英是谭鑫培的孙子，家世显赫，家学渊源，你陈大濩敢说人家什么！

奚啸伯如何，没有听他谈过。

大濩最不满意的是马连良。有一次听到马连良唱《十老安刘》中的"流水"，他连连撇嘴道："这简直唱的是什么玩意儿？像耍骨头似的……"但是他又不能不承认马连良在京剧界的地位和影响。马连良不管到哪里演出，观众总是最多，剧场总是满座的。大潑也说只要马连良一上场，台上好像就只看见他一个人似的，别的人都比下去了。

有一次我问他："杨宝森怎样？"

大潑嗫嚅了半天，终于"逬"出一句："凭良心说，他并不好……"

我一听也不再追问下去，因为已经推车撞壁，跟他没有商讨的余地了。

我是喜欢杨宝森的，当然是喜欢他在台上的表现，尤其是富有共鸣的唱腔。而对于你大潑，现在我们虽然已经成了很熟的朋友，钦佩你的才能，也了解你的为人，可是说老实话，你在台上的风采，还无法吸引我。如果不是朋友的交情，我不会主动花钱看你的戏。

有天晚上在他家正好琴师马锦良来了，大潑吊嗓子，先唱了一段《状元谱》，又唱了段《卖马》，就是"店主东带过了黄骠马"那一段，确实唱得好。唱完了，大潑问我："怎么样？"我说："当然好啰。"他笑笑，然后说："不是自夸，别人唱不出我这种松竹之气……"

大潑也一直希望我能为他写点东西，最好就像我曾经写过的《盖叫天演剧五十年》，这个我办不到。说实话，如果再想为一个表演艺术家写连载的话，我最想写的是程砚秋。这也办不到。程先生的地位很高，又远在北京，不是我这个小记者所能接近的。

那时晚报正在不断更新版面内容。领导要我写一个类似怎样欣赏京剧的专栏，隔些日子在报上发表一篇。我把这个意思跟大潑讲了，希望他能提供一些材料，指点我怎样着手为文，让内行外行都要看。大濩同意了。但是我也不能单单依靠大濩一个人，还要从其他的京剧名家那里获得一些教益。文章发表了两三篇，我觉得写不下去了。首先我不想写这种类似教材性的东西。我要写有故事性、有人情味的文章。写京剧最好是写人写戏再夹杂一些知识性的"佐料"，人家看起来也比较有兴趣。现在还遇到了一个麻烦，我综合了几位名家的意见，结果反而几方面都不讨好。尤其是大濩最固执己见，对别人说的，大濩总会来一句："他懂什么?"殊不知别人也不认可你陈大濩，说起来也是："他唱过几天戏!"罢罢罢，我不写了，跟报社领导说明原因，就此中断。

不平常的1957年来了，毛泽东号召鸣放了，好多人都认为一个向党表达自己意见的时候来了。说老实话我这个对政治一向毫无兴趣的人并不关心，但作为一个新闻记者的我也要注意这方面的动态。听说有些剧团内的演员们也坐不住了，各种各样的说法都不断传来，大濩更是要申诉他的胸中块垒。其实积藏于大濩之心的就是一个意思，他要唱戏，要唱他自以为有"道行"的戏，要剧院领导理解他重视他，最好能组织一个以他为中心的演出班子，在上海和各地的舞台上驰骋，让陈大濩也能成为和当时的四大须生并驾齐驱的一块牌子。

这怎么可能?上海京剧的格局其核心人物头一块牌子是周信芳先生，其余就是李玉茹、童芷苓、言慧珠等几位名旦，再怎么变革也轮不到你陈大濩跑到前面来指点江山。但陈大濩不服气，总觉得自己受了委屈。现在可以鸣放了，可以出气了。有一天上午，他夫人跑到我家里来眼泪汪汪地诉说陈大濩的苦闷，以至于常常发脾气，一家人为之不得安生。于是我就决定，让大濩写篇文章在报上登出来，既适应当时报纸的需要，也给了大濩一个公开倾诉衷曲的机会。不用说，文章是由我代笔的。几经访谈，几经商议，又几经修改，并由报社领导看过，文章终于见报。内容是建议性的，口气是平和的，主要希望剧院领导改变一下现在的演出格局，分成若干小组，每个小组以一二位名演员为主，配几个相应的行当，轮流到剧院或外地演出，灵活而简便，不需要一出行就是整个剧团的全班人马，那太费事了。不用说，所谓演出小组自然要有他陈大濩为主的一个，那他就可以经常在观众面前露脸了。

但在"反右"运动中，这篇文章还有我为弹词家蒋月泉写的文章，都成了我沦为"右派"的罪证。他们两位也都受到批判，但把一切罪过都推在我的身上，他们两位"过关"了，我逃不过。报社被挖出来的右派分子名额还不够，我最后被补上戴了帽子。

从此我跟陈大濩断了来往，又听说他被支援到浙江杭州去了。

1978年末，我那时的组织关系还在金山石化一厂。厂党委派人复查我"反右"时是否真有罪行，好为我改正（平反）。那位调查的同志看了这两篇文章说："这也能算反党？"此后加在身上的罪名都被否定了，我的"帽子"彻底被拿掉了，工资恢复了，又是一个堂堂正正的国家干部了。

转眼到了上世纪 80 年代中后期，记不清究竟是哪一年哪一天，在龙华火葬场悼念一位京剧演员（也忘了是谁）。那时我已调回到复刊的《新民晚报》当编辑，追悼会的通知发给我，自然前去参加，不想就遇见了陈大濩。追悼会结束，我们一路走出来，因为车子挤，又走了一段路，免不了要谈点往事。记得他有这么一句："那篇文章可把我整苦了……"什么？你被整苦了，我呢？当时究竟是你要我写的还是我要你写的？好了，事已过去，不谈也罢。

大濩得知我如今在晚报编副刊，他回杭州后，竟陆续寄了一些稿子来，笔名是"老病鬼"的谐音，究竟是哪几个字我又忘了。稿子没有全用，只挑了几篇见报。他几次在信上要我到杭州玩玩，说他家里房子大，来了就住他那里。我谢谢他的盛意，但一直没有去，因为杭州对我来说并不陌生，已经去玩过好几次。现在就是去，我也不会住在陈大濩那里。一个吃报馆饭的去叨扰一位演员，被人家说起来难听得很，谢谢他的好意，我心领了。

1987 年岁末，又收到他寄来的一首五古，署名赫然就是"老病鬼"。这让我顿生不祥之兆的感觉，这位老兄大概已经预知自己的身体不行了。果然到了 1988 年 7 月 1 日，他去世了，终年七十八岁。我还得知他现在已经是一个共产党员。大濩生前事事都要强，在政治上也是如此，他终于如愿以偿，呜呼！

三次修改后完成于 2007 年 5 月 15 日

附:

上海京剧院存在哪些问题?

应该弄清所有的问题,注意京剧艺术的特性,
作一次彻底的改革!

陈大濩

看了童芷苓同志在市委召开的座谈会上的发言,颇多感触。

上海京剧院(包括它的前身华东京剧团和人民京剧团)建立以来,工作上是有了不少成绩的,这不是官样文章,而是事实。但存在着的问题是严重的,这也不是官样文章,而也是事实。

为了解决问题,改进工作,因此,属于成绩的一部分,这里就按下不提了。

有什么问题呢?拉杂想来,有下面这几种。

先天不足　后天失调
勉勉强强、拼拼凑凑在演出

(一)先天不足,后天失调。一个普遍的意见:上海京剧院的戏人家不爱看。说来奇怪,上海京剧院的名演员是很多的,这些名演员往昔都挑过大梁,出过风头,为什么现在

聚在一起反而不叫座了呢？问题就在这里，人是聚在一起了，而没有考虑到如何安排，如何根据各人不同表演风格，如何根据各人已有群众基础，配备力量，使各种风格得到发挥，使各人的群众基础得到增厚。前华东京剧团、人民京剧团吸收人才的时候就没有注意到这一点，以后又没有注意，就形成了将多兵少、上塞下虚的现象。一副京剧班子，参考历史经验，除了主要演员之外，最重要的是"四梁四柱"（即各种行当的主要配角），而我们院里就很缺少。试请言慧珠、童芷苓、李玉茹三位各张一军，有相与匹配的小生么？有的，但是不够。顾了你，顾不了他。勉勉强强、拼拼凑凑地演出了，就像用许多规格不同、尺码不同的零件装备起来的一部机器，硬行开动，非但出不了好的产品，而且也损坏了零件。

对传统的不重视
一提意见就扣"保守"帽子

（二）对传统的不重视。我们京剧的传统，总可以说是非常深厚的了，假使好好地发掘、整理，够我们一世吃着不尽的。京剧院在这方面也做了一些工作，但数量毕竟是太少了，范围毕竟是太狭窄了，趣味毕竟是太淡薄了，原因是少数人的喜爱左右了这一工作，演员的特点得不到重视，观众的爱好也得不到重视。就拿演过的一些新戏来说，如《宝莲灯》，如《皇帝与妓女》，如《白蛇传》等等，那种布景，那种服装，那种表现手法，不能不说是一种革新，不能说每一次革新没有提高，但京剧的发展是否就是这一条路，很成问题。我认为，这也许是主观上想搞一套便搞一套的做法，不然的话，大多数的戏，演出人员花了很多力气，为什么观众反而不爱看呢？对于这种做法，演员一提意见，就被扣上一顶"保守"的帽子，这顶帽子太沉重了，压得人昏天黑地，不得超生。

院的工作性质不明
一年到头忙于赶任务

（三）院的工作性质不明。按说，既然称作上海京剧院，顾名思义，除了坚持经常的演出，以满足上海人民文化生活需求外，更重要的是发掘京剧的财富，保存这笔财富，为京剧艺术做继往开来的工作。因此，就确定了它的研究的性质。可是上海京剧院成立以来，究竟做了多少研究工作呢？没有。一年到头的只是忙于赶任务。上级领导管我们也只是管这些，艺术研究工作反居其次。可是赶任务的结果，使得演员调动频繁，新创作的戏不能按计划地排练，主要演员自己的戏，也不能有系统地加工整理，造成剧目贫乏的局面。

内部不团结
平均主义思想在泛滥

（四）内部不团结。我们京剧院内部太不团结了，它表现在：领导与被领导之间，党群之间，基本演员与主要演员之间，主要演员与主要演员之间，编剧、导演、演员之间，领导与领导之间，南派与北派之间⋯⋯这种种不团结的现象，有些是属于历史的根源和从旧戏班带来的习气，如，南北派互相歧视，主要演员彼此勾心斗角。有些是应该领导负责的了。怎么说呢，我们领导仿佛不是跟我们共同改造的，只是来改造我们的。对于主要演员，客气、敷衍、不当作自己人，该照顾的不照顾，该教育的不教育；对于青年演员，则随随便便开一些不能兑现的支票，意思大抵是：主要演员都是从旧社会来的，很落后，将来的京剧，都靠你们了，我们领导上要把你们培养成为红色专家。谁也不反对领导上把青年演员培养成为红色专家，问题是如何培养。难道只是空口许愿么？难道主要演员就不能成为红色专家么？难道青年演员不向主要演员学习就可以成为专家的么？空头支票滥开的结果，使青年演员不能结合本身的具体条件而求得发展，使平均主义的思想在院内泛滥。

制度呆板　机构重叠
硬搬机关里一套在办事

（五）制度呆板，机构重叠。一个团体不能没有制度，但制度的订立须顾到这个团体的特点，机关里的一套显然是不适合的。我们京剧院就犯了这个毛病。一件事情，先不问做得对不对，效果好不好，只问与制度合不合。组织机构的问题更大，院以下有团，团以下有队，队以下有组，层层叠叠，上下蔽塞。而某些各层组织的领导人，对业务又不顶熟悉，不熟悉也罢了，还自认为非常熟悉；对群众又不顶了解，不了解也罢了，还自认为非常了解。比如，一个人的进步不进步，主要应该看他在政治上、业务上是否能紧密结合，而我们的领导却往往忽略了这一面，只看这人出外旅行的时候，有没有替别人背背包，在火车上肯不肯让座，等等。毫无疑问，背背包、让座都是好事，应该表扬，问题是仅仅着眼于这些事，就使人模糊了努力方向。

（六）经营管理的不善。说来说去还是那句老话，不注意演员的特点。派戏的时候，某演员能演什么，观众爱看什么，领导上并不考虑，只考虑大家会不会闹意见。每演一出戏，老是怕担风险，因而也老是步人后尘。

出门一次千军万马
上座稍差一些就要赔本

还有一个问题是牵涉到全国范围的。我认为，现在我们的国营京剧团身体太笨重了，出门一次，千军万马，旗锣伞报，"车辚辚，马萧萧"，不知消耗了多少旅费，也必然地提高了演出成本。每到一地，只要上座稍微差一点，就要赔本。像从前那样，以剧场为基地，养一批基本演员，轮流邀请主要演员来演，既灵活，又简便，何乐而不为呢？当然，这个问题说来容易，做来颇难。这里只是顺便地提一提，作为以后改革制度的参考。

我们京剧院存在的问题还很多，以上不过是择其要者，谈了一些个人的感想而已。我确信，假使上海京剧院弄清了现存的所有问题，注重京剧艺术的特性，作一次彻底的改革，是会以新的面貌出现的。关键在于领导的决心，也在于演员和所有人员的自觉。因为，问题的形成，不仅在于领导，而且也在于群众。

原载 1957 年 5 月 4 日《新民报（晚刊）》

音容渺茫蒋月泉

　　2017 年 11 月，上海有关方面举行了纪念苏州弹词家蒋月泉百年诞辰的活动，从报上看，那一晚的场面是很感人的。在此之前，上海的曲艺家协会曾经打电话给我，说要举行一个纪念蒋月泉的什么会议，希望我能去。我回说，现在年已老迈不堪，腿脚不方便，已被医生和家里人禁止单独出门，出了门不能乘公交车，打的又不容易，抱歉了，不能参加了……曲协跟我讲的要搞的活动，大概就是报上报道的那一个。我大略地想了一下，在已故的评弹名家中，能引起后辈如此追念，并为他筹办如此有声有色的纪念活动的，也只有蒋月泉一个人了，蒋月泉泉下有知，也会感到欣慰。

　　我又想，蒋月泉为什么会这么有影响？无非是他的唱能风靡至今，余音袅袅。蒋调的形成是从他的老师周玉泉的"周调"继承发展的。你拿"蒋调"和"周调"一对比，就会发现，"蒋调"的骨架其实就是"周调"。但现在听起"周调"来，就会觉得它太沉闷，太老实，没有什么跌宕起伏的变化，不过是有些声腔的说话而已。但是，"蒋调"一听就不同，高低疾徐，抑扬顿挫，字音清晰，韵味无穷。

他的唱，就像一位虽有师承却能自标一格的京剧老生。事实上，蒋月泉就深受杨宝森的影响，因为杨宝森的唱就是"味儿足"。他从不卖弄什么花俏，就是那么平平淡淡地唱出来，内涵却是那么有感情，有意味。我看蒋月泉就听出了这个"奥秘"，也吸收了这个"奥秘"。我听他唱的几只开篇，大体虽然就是那个"调调儿"，但细细辨味，则可以捉摸到唱的人用情所在。你只要听听他唱的《杜十娘》，再听听《战长沙》，就能分辨不同的"韵味"出来了。

早先，美国好莱坞的男星中，有位名叫平克劳斯贝的，人称"低音歌王"，蒋月泉也喜欢听他的唱。在影片中，平克劳斯贝歌唱时，样子好像很随便，就这样跟你说着说着就唱起来了，显得很自然，也很流畅，没有故作姿态，摆出一副歌唱家的样子。在这方面我没有和蒋月泉交流过，不知他喜爱平克劳斯贝哪一点。我上面说的这个外国歌星的特点，全部是我个人的一管之见。

蒋月泉的唱确实超过了老师周玉泉，论在评弹的地位也比老师高，影响比周玉泉大。但一到台上，周玉泉表现出的那种不瘟不火的说表，还是有蒋月泉借鉴的地方。1962年，苏州评弹团到上海来演出，西藏路上西藏书场是他们重点的亮相之地，前面有曹汉昌的《岳传》，徐云志、王鹰的《三笑》，但我们最看重的还是最后送客的周玉泉、薛君亚的《玉蜻蜓》。差不多有近一月连续听下来，你不能不佩服周玉泉功力之深。他形容一件事、一个人，话并不多，只那么寥寥几句，就让你知道了，明白了，这个人、这件事的是非曲直。周玉泉又常常喜欢借题发挥，联系当前的生活，借机调侃，话也不多，就是那么两句三句，就让你会心一笑，咀嚼不已。

有好几次，周玉泉已经说完了，散场了，听客纷纷走出去，忽然碰见了蒋月泉，他是在老师快要出场之际，悄悄地从边门进来，坐在一边听书的。有一次他颇有感慨地对我说："到了台上，话说得多还不如说得少……"这是什么意思？说书的怎么能说得少？其实就是语言要精炼的意思。就怕噜里噜苏地说了一大堆，人家还是摸不着头脑。

这里也可以看出蒋月泉当时虽然如此有名望，还是用功不已，老老实实地从老师身上再吸取经验，在进修学问上下功夫。

世事变幻无常，不禁又想起十六年前，蒋月泉八十四岁。一个夏天的早上，忽然接到电视台编导张文龙兄的电话，告诉我：蒋月泉去世了。他们要拍一部短片报道此事，找两个蒋月泉生前友好说几句话，表示哀悼。他们把我也算是"友好"中一个，要我马上就到南京西路评弹团去，片子就在那里拍。我立即前往，然后在一个房间内面对"麦克风"讲了一通。讲到最后，我诌了八句诗，居然在荧屏上显示出来。但这八句诗中有两句我始终觉得用词不妥，一直也改不好，所以没有拿到报上去发表。但最后两句还可以示人，即"回眸五十年前事，一别音容两渺茫"。这也就是说，我认识蒋月泉先生已有五十年。不，五十年还不止。我头一次访问他，是在1950年的夏秋之交的一天下午，地点约在南京西路"沙利文"咖啡馆的楼上，"沙利文"是当时上海很时髦的一个茶会聚餐之地。我去时蒋先生已在，旁边还有一位干部模样的人，叫陈允豪，是无锡的苏南地区行政公署的一位管文化的干部。原来上海解放不久，是头一年还是第二年（即1950年），蒋月泉同他的几位要好同行，曾经组班到香港演出，满以为可以大大的造些影响，赚上一票。不料成绩不理想，有点灰溜溜地回来了。一时不想在上海露面，便自发地组成了一个学习班，到无锡去找当地的党组织来辅导，了解一下今后怎样在党的领导下从事演出活动。他们学得很用心。据陈允豪同志告诉我："最要求进步的是唐耿良。"

蒋月泉他们一班人当时号称"四响档"，又称"七煞档"，七煞者，七位煞星也。根据神话传说，煞星是非常厉害的神将，谁碰到了都要倒霉。这称号，也表示了蒋月泉他们在评弹界走红的程度。

七位煞星就是张鉴庭张鉴国、蒋月泉和王柏荫、周云瑞和陈希安，还有一位说评话的唐耿良。他们这班人，实际上的"领导"是唐耿良，我们戏称他是"政委"。他们平常如何行动，实际上多数是听唐耿良的。

这时上海的各个书场，都面临着换季的阶段，夏季过去，迎来秋季，天气转凉，是出来听书最好的时光。各书场接下来由谁上阵，实际上已经接洽好了。市中心区的几家大书场，比如"仙乐斯"（当时还是舞场，下午改为书场），这是最高档的，排出的阵容就是"七煞档"。再过去的"米高美"（即后来的西藏书场），也被"四响档"占领了。这两家虽然相距很近，但由于"四响档"名声，听客照样蜂拥而来。此外还有稍微偏远一点稍次一等的几家书场，也被"四响档"包了。当时他们一天总要轮流在四五家书场亮相，还有电台的节目，从东到西，坐着包用的三轮车赶来赶去。那时上海的交通不像现在这样拥挤，小汽车很少，马路上只看见三轮车飞奔来去。其实，早先张鉴庭已拥有小汽车，不过"蹩脚"一点，车身很小，只够坐两个人。好像张鉴庭这次在上海露面，开始也用过一个时期的小汽车，后来看看周围的情况有点不对，怕有招摇之嫌，也改坐三轮车了。

蒋月泉从前好像也有过小汽车，不过多数是坐摩托车，说完书，换了装，骑上摩托车，飞驰而去，很引人注目。当然现在也是三轮车代步。他们坐的三轮车比较考究一些，多数是漆黑的车身，雪白的坐垫，冷天还有羊毛毯，供乘客盖住下身和腿脚。车夫也都是年轻力壮的，他们常年为走红的说书先生服务，神色之间，显得与一般在马路上揽客的三轮车夫不同，好像要"高傲"得很。

我记得当时"四响档"虽然占尽书坛风光，也有与他们能够颉颃，号召力不下于他们的，如四位说"单档"的"先生"：张鸿声、姚荫梅、严雪亭、黄静芬。黄静芬是女的，说《果报录》，在50年代初突然走红起来，也是一天要赶好几家场子的。由此看当时评弹界的形势，好像艺人之间，也分了门户，分了派别。你只要看各个书场每期排出的演出阵容，也可以大体上了解一二。作为记者，我同他们接触，在这方面要很注意。你个人的爱好可以偏向谁，在报道上却要十分当心，不能分出谁高谁低来。我当时还很年轻，这方面不太懂，因为最早是和蒋月泉结交的，我对他私下的风度也很欣赏，他好像有点"洋场绅士"的味道，这一点让我更加发生了"兴味"。"反右"时，我被批为"洋场恶少"。我不知道我究竟"恶"在哪里，估计言谈举止之间是让有些人看不惯，"海派"的气息重了些。我初看蒋月泉也觉得他的言谈举止比较时尚，不是戏曲界的"老江湖"。

于是我开始听他们的书，但不是从头至尾安稳地坐下来听，而是时不时地跑到书场里去，凭记者的身份在后台或在前台靠边的座位上听上一两档。蒋月泉在台上确实很洒脱，出言吐语也有新意。但最有噱头、最吸引人的是张鉴庭张鉴国双档，号召力也最强。至少在书场最后一档"送客"，也总由他们担任，别人压不了台。

不久，"抗美援朝"的战争爆发了，全国上下掀起了声势浩大的讨伐美帝国主义的宣传运动。上海文艺界也不例外，评弹界更是分外起劲。在主管文艺的领导者看来，评弹的演出形式，就是轻骑兵，最适合搞时事宣传。

当时究竟有哪些关于"抗美援朝"的评弹节目我已忘了，现在记得最清楚的是一台"书戏"《三雄惩美记》。书戏就是演员化了装上台做戏，唱腔还是弹词的各种曲调。比如上海解放初期蒋月泉和范雪君在南京大戏院（现在已改为上海音乐厅）演出了《小二黑结婚》，以后还演过《林冲》，等等。这种"书戏"只能偶一为之，还要有名家来扮演，才有号召力。观众也不过是看个新鲜有趣罢了。

《三雄惩美记》相当于早先的"活报剧"，故事很简单，两个吃醉了的美国烂水手在路上调戏一对正在谈恋爱的青年男女，被三个三轮车夫看见，出于义愤，将两个烂水手痛打一顿，直到他们连连求饶，狼狈而去。这出"书戏"中，演两个水手的是蒋月泉和杨振言，演三个三轮车夫的是张鉴庭、姚荫梅和刘天韵，演一对青年男女的是张鉴国和黄静芬。男青年穿的一件咖啡色灯芯绒上装和一条绿和白两种颜色相间的领带还是我借给他的。这种打扮带着当时所谓的"阿飞"气。观众来看这出戏，其实是出于对这几位评弹名家的好奇心。书戏之前，还有别的节目，有大合唱、开篇和短篇评话等。整个演出的主题就是一个：声讨美帝国主义，断定他们的侵略行为一定要失败直至灭亡。记得每次演出都在八仙桥的黄金剧场（后改为大众剧场，现已不见），都是早场，居然场场"客满"，收到了很好的宣传效果。至少表明了评弹艺人是响应党的号召，跟着党走的。

趁着这股热潮，便有了这样的设想：索性到北京去露露脸，扩大评弹的影响。经过再三的酝酿，又得到有关领导的支持，决定组成一支"上海评弹界抗美援朝宣传队"。主要演《三雄惩美记》这台节目，也准备了一些传统节目，所以像张鸿声、薛筱卿等早有声望的老响档也参加了。张鸿声而且内定为这支宣传队的队长，以显示对他的尊重。其实骨干力量还是有蒋月泉等在内的"四响档"，出主意并谋划一切的则是唐耿良。

当宣传队经过几次排练，一切准备就绪之后，一天下午，唐耿良约我一同到文化局去汇报。我已由报社批准，随同宣传队出行，被称为"随军记者"。那时的文化局在现今南京西路上的西侨青年会大楼（今为上海市体委）。文化局出来接见我们的是戏改处处长周信芳、当家副处长刘厚生。听了汇报，他们都表示很欣慰，这时唐耿良又趁机提出："还是希望能组织一个由国家直接领导的评弹团……"刘厚生回答的大意是这件事情在考虑，但要创造条件，也需要时间，一下子急不得……我在旁边听了，感觉此事其实已经大体定局，唐耿良大概心里也有数，他现在提出来，不过表示他们艺人追求进步的决心而已。

宣传队终于出发了，先到苏州演了一晚，又到无锡，当晚演出之后，随即奔赴火车站，一节空着的软席卧铺的车厢已经进站，这是事先定好的。那时火车到北京，要过两个晚上、一个白天，大家就在车厢里闲聊。我喜欢到蒋月泉住的那节车厢里，那里有几个同行围着他，嘻嘻哈哈地笑谈着。一会儿黄静芬也来了，她问伦敦是不是在英国？蒋月泉故意装着一本正经地在逗笑："弗是格，像煞巴黎是英国的首都……"这种艺人之间私人的打趣，让我长了见识。

宣传队在北京，正经演出的书戏倒并不怎么引人兴趣，因为演的人和看的人都心里有数，不过配合时事作宣传而已。倒是评弹这门艺术的特色，让有关领导和北京的曲艺界同行谈论不已。有一次开座谈会，北京方面到的人不少，老舍先生也来了。过了一两天，唐耿良约我去访问老舍，他家是一幢独立的四合院，好像新近装修过。记得老舍谈了好些他的见闻和见解，主要一点是他认为：艺术要配合时事，这是对的，但艺术本身也要吸引人，才有效果。他又谈到对北方曲艺的一些见解。

有一天是从下午到晚上，中央广播电台决定为评弹录音灌制唱片，究竟有哪几位被选中我已记不得了。只晓得蒋月泉是有份的，录的是开篇《王贵与李香香》。在书台上，他向来是与搭档王柏荫同唱的，现在当然也是。但蒋月泉心里并不情愿，他低声地对我说："我也说不出口，最好是杨振言跟我同唱……"那一阵杨振言跟蒋月泉私下的感情很好。杨振言的唱确实要比王柏荫好一些，但杨振言要帮他的父亲杨斌奎，无法与蒋月泉合作。要是有机会，蒋月泉总是要拉杨振言一同露脸，比如这次演书戏，演美国烂水手的就是他们两人。

宣传队在北京也演过一两场传统节目，让北京的有关人士认识评弹的传统艺术有哪些独具特色的魅力。据我看，评弹的最大特色是"说"，"唱"还是次要的。北方曲艺多半是唱上一段两段，一个故事就表述清楚了。听评弹要有耐心，必须连续听上若干日子，才能领略其中"奥妙"。听北方曲艺偶尔去一次，只要演员声情并茂的唱能吸引人，照样也会被"迷住"，成了他或她的"粉丝"。我问过好些北京人士对评弹和北方曲艺的看法，他们的回答大都跟我以上说的大体相同。

宣传队在北京耽搁了十多天，任务结束，回上海去了。我没有跟着回去，而是在北京留了下来，继续采访我感兴趣的戏曲界人士，和上海去的老朋友叙旧，直到快要过春节才离开。

转眼到了 1951 年。这一年的大事是镇压反革命运动，同时扫荡受帝国主义（尤其是美帝国主义）影响的社会上的不良风气。那时上海的一些男女青年，打扮得妖形怪状（如小裤脚管的裤子），举止轻佻，喧嚣骚扰，被称为"阿飞"，这也是要纠正或惩办的。那时上海的几个滑稽剧团就演了好多"阿飞戏"，也只热闹一时，很快也就冷下来了。评弹界也有人编了短篇或开篇在演唱。这时马上要举行一场新书会演，蒋月泉看中了一个题材，要我帮忙收集材料，以便编写脚本。那是报上登了一个案例，讲一位富家子弟名叫翟万里，因为交友不慎，又倾心美国文化，竟走上了犯罪道路。他最大的恶行是深夜跳上女友家的阳台，强行进入室内，对她进行猥亵。经女友家的家长告发，翟万里被认定是典型的受美国生活方式腐蚀而犯罪的资产阶级后代。翟万里被判入狱，刑期并不太长，却是极好的宣传材料。因为我之前跑过政法新闻，跟司法机关的关系不错，与提篮桥监狱的领导也有点交情。我已经联系好去采访翟万里了，这天早上，却是陪了蒋月泉先生同去的。他穿长袍，我也穿了一件仅有的丝绵袍，以示配合。监狱方面为我们找了一个地方，再把翟万里找来，亲口回答了我们提出的问题。翟万里对自己过去的行为表示了深切的悔恨，蒋月泉觉得已有所收获。但翟万里后来的下落如何不知道，因为自此以后我就不去提篮桥了。

蒋月泉把他和翟万里交谈的感受告诉了平襟亚先生，再参考报上的文章，写成了一个短篇。演出有点效果，反响并不热烈。不是蒋月泉先生演得不好，而是这个题材所要表达的教育意义不怎么新奇。

"四响档"在上海演出一段时期后，他们又主动地集合起来，进行自我总结，以求思想上的提高。这次他们是在苏州找了一处房子过集体生活。有一天我坐火车特地到苏州去探望他们，当天下午回沪。记得张鉴国因家里有事，和我同车并坐一起，谈了些内情，然后彼此都有相同的看法：说书不容易，做人更要当心。

大概也就是这一年，国营的"上海市人民评弹工作团"宣告成立。两三天后，所有团员都到淮河工地去锻炼，去体验生活。大概只有当时被称为业务指导员的陈灵犀老先生没有去。等他们回来，已是1952年，"三反""五反"运动刚刚开始不久，因为又是冷天，市面上有点清冷的样子。我让《大报》请他们吃了一次晚饭，表示欢迎。地点在"冠生园"南京东路门市店。那天晚上好像除了我们订的几桌，就没有别的生意。因为《大报》也因经济情况不好，拿不出多少钱来请客，又怕客观影响不好，桌上就是几样菜，很简单的，没有上酒，张鸿声对此颇有意见。评弹团别的朋友倒很体谅，不但来了，而且跟我们还是显得很热络的样子。当然也有个别的人好像入了团去了淮河，就像已经披上革命的外衣，看起来是另一种味道，有点"架子"了，但蒋月泉他们的表现还是很自然的。

这一年，评弹界为表示进步，大概先从苏州的某个演员开始，放弃自己赖以成名的"老书"（即传统书），美其名曰"斩尾巴"。一经宣传，纷纷表态，都要和"老书"决绝，改说新书。上海评弹团的领导明知这种做法有点"偏

"左"，也不能不跟着"响应"。加上他们又刚刚"下生活"归来，更要表现一下吃了几个月"苦"的收获，于是中篇评弹《一定要把淮河修好》跟听众见面了。我今天可以老实说，这个中篇评弹的故事结构其实是很单薄的，全靠几位名演员硬是凭着自己的说表演唱的功夫在吸引听众。蒋月泉在里面唱出了他的"快蒋调"，这也是他适应剧情而作的变化，在这里他不像平常那样从容不迫地唱了，而是比较短促的节奏，听起来总感到"味儿"差一些，所以传唱得不多。

另一个也是现代题材的中篇《海上英雄》，描写解放军的水兵与大海风浪作斗争。其中有个水兵奋力游泳完成任务的那一段，蒋月泉得以发挥所长，唱得感情饱满，力度适宜。别人学唱，音调是像了，情味总觉还是单薄了些，不能畅意。

最令人怀念的还是中篇《林冲》。尽管合演的张鉴庭、刘天韵、姚荫梅等有绝妙的表现，但蒋月泉确实表现了林冲不凡的英雄气概。前篇与妻子长亭分别时唱的"休将涕泪挂胸膛"和后篇林冲在沧州郊外酒馆内听人谈即将过年而发出的感慨"岁月匆匆到腊边"两段，都是我玩味不已的听觉享受。蒋月泉的唱，我认为最出色的就是抒发感伤的情绪，京剧杨宝森的唱也是如此，这是后学者无法达到的一种境界。

"斩尾巴"的风浪过了年又平息下去了，它让人明白了对待文化传统不能这样简单粗暴地"一刀切"，艺人们又渐渐地恢复说旧书了。蒋月泉除了演中篇，此时也恢复说

《玉蜻蜓》，同时又尝试说《白蛇传》，但他的搭档换了。王柏荫去了杭州浙江曲艺团，现在换了朱慧珍。朱慧珍原来与丈夫吴剑秋是在外面说《玉蜻蜓》的，她的嗓子好，在《林冲》中演的张贞娘唱的俞调，让人陶醉。现在与蒋月泉搭档，一男一女，扮演起书中的角色来理应有胜似男下手的特色。但我后来听说，蒋朱两人的合作并不理想。症结究竟在哪里？我可以猜测，但没有打听，反正人与人之间长久相处，终归会产生这样那样的矛盾的。在和蒋月泉合作的女演员中，在我这个旁观者看来，比较称心的还是江文兰（今健在，已到望九的年龄）。在蒋月泉面前，江文兰属于晚辈，但她反应灵敏，有才气，当下手也是比较适当的。

　　1957年"鸣放"时，我约蒋月泉写过一篇文章，先到他家里去谈，然后由我代笔，再用他的名义在《新民晚报》上发表出来，内容我记得主要就是评弹演员相互合作领导上如何调配的问题。到了"反右"时，这篇文章成了我的罪证之一，划为"右派"。蒋月泉自然也受到批判，但人家建议他把"毒气全哈在'王惟'身上"，王惟是我当时常用的笔名，评弹演员当时都这样叫我。他终于被保护过关。这我也不怨，我的命该如此，是逃也逃不过的。

　　到了1978年，我当时所在的金山石化一厂党组织执行党的政策，为我平反（应叫"改正"）。派去调查的人看了这一篇和另一篇我替京剧演员陈大濩写的文章，说："这算什么反党？我看看一点问题也没有……"这也不稀奇，后来评弹团有人告诉我：当时为了脱身，谁都要推卸自己的责任。你老兄也是合该倒霉，反正现在不算数了。

到了上世纪 60 年代初，我的"帽子"摘掉，又恢复做"限制使用"的记者，也跑过评弹新闻，但评弹团却很少去，因为有点自惭形秽，有时和蒋月泉碰见了，也不好意思多问他什么，心里总去不掉一个疙瘩：我是不是曾经连累过你？但 60 年代头几年，蒋月泉的艺术成就，又有了新的发展，说传统老书，出言吐语，仿佛更精炼、更准确了。有一天下午，我特地到南市的西园书场听他和爱徒陆雁华合说《玉蜻蜓》，就是他们这一档，要说两三小时，当中休息一次。这天说的是金贵升在尼姑庵中终于一病不起，舍下情人"三师太"含恨而去。好几年没有听蒋月泉的书，觉得他现在的艺术造诣正到了一个新的高度。年龄大而不老，精力旺而有度，经验丰富而有节制，唱腔饱满更有韵味，那天我真听呆了。休息时我到后台转了一下，不过问个好，不敢多耽搁，怕影响他的休息。

这几年中，蒋月泉新作迭出，老书《厅堂夺子》、新书《人强马壮》等都取得了很好的成就。尤其是《厅堂夺子》中的一节是徐元宰复姓归宗，表示自己还是金家的子孙，虽然生父已经去世。这让从小收养他的养父大为伤心怒恼，忍不住将徐元宰痛责一番。这里的一段唱，蒋月泉又有了新的创意，唱中带说，说中带唱，悔恨不已。赴香港演出时，说过这一回书，台上只有他和杨振言二人，都全神贯注，全心投入，说完，台下报以热烈的掌声。

也有令蒋月泉十分伤感的事，就是他的夫人邱女士患肝病去世了。邱女士不是蒋月泉的原配，也是因为爱慕他的艺术而嫁给他的。待蒋月泉十分体贴，自己有病的肝部不管有多么疼痛，只要蒋月泉在家，就强自忍耐，不在丈夫面前有痛苦的表露，好让丈夫安心。有一件事我是听王柏荫说的，当年邱女士与蒋月泉结合不久，每晚都要熬好香粳米的粥，等蒋月泉晚上演出回来吃夜宵。其实蒋月泉已在外面吃过了，但夫人的粥香气扑鼻，还是要吃。有一次他一面吃，一面浏览报纸。粥吃完就添，一碗接一碗，也不知吃了多少。为他盛粥的邱夫人这时忍不住提醒他："根生啊，七碗哉！"根生是蒋月泉的原名，邱夫人这样叫他，也是"爱称"的意思。

邱夫人去世好久，蒋月泉一人非常孤独，好久找不到续弦的对象，也曾经找到一个，两人谈得很投缘，看看就要论及嫁娶，偏偏对方的出身有问题，是资产阶级，蒋月泉正为难之时将此事与唐耿良说了。唐耿良马上到领导那里去汇报，领导马上找蒋月泉谈话，问他是要加入共产党，还是投靠资产阶级。在这个大是大非的问题面前，蒋月泉只好放弃了这段几成事实的婚姻。

这件事是"文革"以后，唐耿良对我说的。唐耿良这时也深自懊悔，是自己多事了。要是蒋月泉这段婚姻成功了，他后来也不至于那么凄惶了。

"文革"终结，尤其是党的十一届三中全会召开后，开始拨乱反正。我开始感觉到人世间好多事情又要另眼相看了。但是由于我的政治水平低，嘴上也不敢说些什么。与人接触，依然小心翼翼，怕再有什么把柄落到人家手里。晚报复刊，我编副刊，坐在办公室看稿子，用不着去外面巴结什么人。晚上有时觉得厌气，偶尔去附近的大华书场听回书，偶尔遇到相识的艺人，当场可以很亲热地谈几句，过后却不来往。因为我现在的工作并不需要我出去走动，老实些，做好手头的作业吧。

忽然收到一封信，里面附有一张票子，原来是纪念蒋月泉先生书坛生涯四十年（还是四十五年？）的会书，不禁有些意外的惊喜。却又心生疑惑，蒋先生这么早就举行艺术生涯的回顾演出，是不是以后要"告老在家"，不说书了？

不去多想，还是去听了这次会书。蒋月泉在台上风度不减当年，照我看，他的艺术生命还很长，一定还有更加精彩的艺术创造出现。我写了一篇稿子寄给为这次演出而编的特刊，用了我从前常用的蒋先生也这样叫我的笔名"王惟"，表达了对他一直钦慕的心声。

蒋先生是民盟盟员，我也是。有一次在民盟市委机关内，遇到蒋先生，得悉他现在孤身一人，我甚至想为他做媒。因为我想到妻子所在医院有位开刀的女医生也是单身，人很挺拔，是不是可以为蒋先生作介绍。后来想到可能两人的志趣不一，也就算了。

又一次在市政协文化俱乐部的老房子内为蒋先生举行什么纪念活动，我发了言，大意是既不要忘记过去的几十年，更要珍惜未来的若干年。在我看来，蒋先生虽已人到老年，但他仍旧积蓄着丰富的能量，待机而发，艺术生命是不会衰竭的。蒋先生那天是不是发了言，我忘记了，但看他的神态，深沉有余，欢快不足，好像憋着一肚子的心思又说不出口的样子。我猜大概是"文革"的阴影依留在他的心中，挥之不去。

1988年，我有幸被选为第七届全国人大代表，蒋先生是这一届的全国政协委员。头一次出发去北京，我们竟有幸同在一架飞机上，座位也只相隔一条走廊。我们相视而笑，虽未多谈，但彼此的心中都有无限的感慨，这是可以估量得到的。不过我的神态似乎轻松一些，心事也少一些，这一点我觉得蒋先生似乎看出来了，他看我同别的人大代表谈话的样子，不禁笑了，也许他心里的话是：这小子又有点忘乎所以了。

我有点弄不懂，社会上的欢喜唱"蒋调"，甘愿拜他为师的人不少。但蒋先生似乎都看不上眼。有一次记得在一个什么地方，又是什么机构，约请了好几位蒋老师的学生，还有他的仰慕者录制"蒋调"的音像制品。蒋先生本人也来了。好像听说那天蒋先生并不怎么高兴，认为今天约请的人中，有几个他并不看得上眼，只是他们借着蒋先生的名望在自我标榜。蒋先生自然也录了音，但没有多耽搁，没有和在场的人多交流就走了，我原想凑上前去同他攀攀"老交情"也攀不上。

后来就听说蒋先生结婚了，新夫人原来是上海的一位交际花，姓朱，上海解放后不久就去了香港，在那里定居，混了多少年。现在怎么会看上蒋月泉的？我有点为蒋先生担心，这位朱夫人不是省油的灯，为人是很厉害的。

我约略知道一点关于朱夫人过去在上海的事迹。她曾经和电影演员金山要好过。金山那时在上海以清华电影公司的老板自居，吹嘘他怎么富有，在东南亚有橡胶园，等等。却不知金山是地下党，在全国解放前夕到北京去了。50年代初，金山陪同苏联的一个代表团访问上海，有一天在大光明电影院开什么会。朱夫人得悉要去找金山吵闹，后来被朋友们死命地拦住。

魏绍昌也迷恋过她。见面时送她两本什么书。朱夫人不以为意，回到家里随手一扔。后来魏绍昌再问她，书看过没有？朱夫人轻描淡写地回说没看，魏绍昌急道，你怎么不看？书里面夹着美金呢！

我想，蒋先生未尝不知道朱夫人以前底细，但现在彼此都有一把年纪，大家又都风尘飘零，急于营造安稳的归宿之地，就结合在一起了。蒋先生还有一样心事，他怕"文化大革命"的运动再卷土重来，那可吃不消。事实上那时确实有"过七八年再来一次"的说法，让人听了寒丝丝的。蒋先生说，要是再来的话，我现在有地方可以逃避了。

蒋先生婚后生活究竟过得如何？不得而知。有一年，有位朋友在上海十六铺附近的一条船上请客吃晚饭，请的都是评弹界的朋友。不一会蒋月泉也来了，他是今晚的贵客。但他坐在轮椅上，由朱夫人推着，虽面露笑容，但面色不好，似乎又黑又瘦。他的两个学生如潘闻荫等，只上前叫了一声"先生"，就连忙退回来，不敢多搭讪。听说蒋先生现在的脾气不大好，话如说得不注意，就要引起蒋先生不快。我只远远地望着，没有去打招呼。我自觉已无此必要，因为看他这种有病在身的样子，我不知说些什么才能安慰他。"英雄只怕病来磨"，我猜想蒋先生自己必定有无限的感叹！

2001年9月的一天，也就是本文前面说的"十六年后"，终于听到了蒋先生去世的消息。我写的悼诗头两句"溽暑方消秋未霜，先生何故走匆忙？"那年上海的夏天大热，而且热的日子很长。蒋先生熬过了盛暑，怎么就过不好秋凉？呜呼！

近年有人送两篇文章来让我润饰（后来刊登在一家报纸上），一篇是蒋先生的师弟，又和他有点亲属关系的人写的，他姓华。一篇是这位华先生的女儿写的。原来蒋先生病了一个时期后，有些缓舒，就从医院出来了，却不料竟无家可归。这位先生便把蒋师兄接到自己家里，特地腾出一个房间，又特买了一张像医院那样可以起坐的病床，让蒋先生看病。华先生的女儿常常侍候在侧，还为蒋先生剪手指甲。蒋先生叮嘱，右手的大拇指不要剪，因他还要弹弦子……

我看了弄不懂，赫赫有名的蒋月泉怎么就弄成这个样子？他在上海长乐路不是有房子吗？怎么就回不去了？原来让朱夫人卖掉了，她自己回了香港，不来了！又听说他还在中山公园附近买了新房子。那么子女呢，到哪里去了？种种疑问和感伤，盘旋我心，挥之不去。再想想，这又何必。如今任何人到了最后，就成了一撮灰。如果看穿一些，把灰随便撒掉也可以。但蒋月泉先生的演唱余音不绝，至今还活在人们心中，这是别人做不到的。

修改于2018年1月25日上午

附：

看一看评弹界存在的问题

许多问题已到了必须解决的时候

蒋月泉

我们评弹界也有不少问题，刘天韵、姚荫梅两同志已经先后在市委和市政协召开的座谈会上谈了一些，我完全同意，并认为，这些问题现在到了必须解决的时候了。

酬劳问题

评弹演员的生活很苦 收入比团外演员少得多

先说我们市人民评弹工作团，酬劳问题是个症结所在，这个问题闹了有一年多了，它始终影响着大家的情绪。本来，物质奖励是刺激生产的重要手段，而我们团内现行的工资制度却失去了这种作用。因为有个客观的事实摆在那里，团外演员的收入比团内的好，据说，如果是响档的话，每天在上海只要唱四家场子，一个月就有一千多元，这个数目超过团内最高工资有几倍。这就不能不引起我们团员的思想波动，同样是说书，同样是为人民服务，为什么团内团外的劳动所得相差如此之巨？还有一个不能否认的事实，我们有很多团员这几年的生活都很苦，他们的肩上都有不轻的负担，仅有的一点积蓄到目前都贴光了，有的人在变卖东西，有的人甚至卖去了生产工具——琵琶和弦子。

健康问题
长期突击新书疲于奔命　演出迫在眉睫寝食不安

　　另一个问题，工作上长期的紧张状态，使很多同志的健康受到了损害。演出本来就够辛苦的，而演出以外的各种会议，各种社会活动及突击任务等，都使我们应接不暇。团有时也进行休整，但，这不过是将许多挤压已久的事情放在一起来清理罢了，还有，长期的突击新书也使我们疲于奔命。有很多新书的脚本都不是顶完整的，等于一个空架子，需要我们填补血肉，而我们有不少同志年纪都逐渐地大了，精力、记忆力都逐渐地退化了，往往一部新书的演期迫在眉睫，脚本却未读熟，排练也未妥当，这时候，便使演员感到寝食不安。好不容易生吞活剥地演出了，心里仍未舒坦，忧虑着观众的反应，尤其忧虑着自己的身体，深怕万一倒病，找人在匆促之间"吃糕子"（意为吃母奶的代用品），代上去，是不可想象的事。因此有很多同志都在力疾从公，可是思想问题也随之而生，他们想，如果在团外，身体不好，可以不唱，顶多钱少赚一点。在团内却不行，工资不多，但是固定的，如果不唱的话，就会被人批评为白吃口粮，剥削公家财富了。

制度问题
不问艺术特性硬拼双档　强调全面发展强人所难

这里就要说到我们的组织制度。和目前一切艺术团体的组织制度一样，都没有考虑到什么艺术是什么特性。评弹是一种艺术形式极为简便的曲艺，简便到以一个人为一个演出单位。所谓双档、三个档，也是一种自由、自愿的结合，一般的都是建筑在艺术风格、流派相同的基础上的。但是，评弹团的一些双档的拼档，却缺乏这种基础，只听组织的安排，因此，演出就不无问题。像刘天韵、徐丽仙一档，说《杜十娘》的时候，徐丽仙可以发挥，刘天韵感到拘束；说《三笑》的时候，却是刘天韵可以发挥，徐丽仙感到拘束了。为什么？因为个人的表演才能都有长处，也有短处，说、噱、弹、唱四字，只有先辈夏荷生是占全了的，夏以后，便很少有人达到这种境界，而我们组织却忽视了这一点，过分强调全面发展就未免强人所难。一个唱青衣的演员让她学两出花旦戏不算离经，假使要她唱小丑就完全不是那么一回事了。我觉得，今后在这方面就要给予演员以自由，让我们自由地找人拼档，自由地选择书目，像现在这样强行配合，反而造成了人事纠纷。

演出问题
分组演出可以展开竞赛　自由接场子好处比较多

这还不够，我建议，我们团里有这些演员，是不是分一

169

分组，就根据自由、自愿的原则。分组的好处主要是能在艺术上展开竞赛，使各人的潜力得到发挥。假使分成了，那么，有的组在上海演出，有的在外埠。在外埠的一组可以排练新书、整理旧书，等到一切准备就绪，于是走马换将，原来在上海的一组出去，让原来在外地的一组代替，使观众产生阵容一新的感觉，省得像现在这样东一档西一档的换，观众很难知道我们是不是在调整阵容。我甚至认为，分组后，接洽场子也由演员自己去办，并由演员按照自己的情况安排演出时间，有人喜欢在晚上进修的，可以白天演出，反之，喜欢在白天进修，演出时间可以放在晚上。自由接场子还有个好处，是能让现在的一些青年演员感到成名不易而加紧钻研。老辈的评弹艺人就是这样的，他们从乡村说到县城，从县城说到上海，都要经过一番艰苦的斗争。而现在的青年演员靠了团的旗帜，轻易地就踏进了上海的大场子，便自满起来了，以为艺术已经成熟，其实还差得很远，还需要很好的锻炼。

改革问题
中篇评弹不应该戏剧化　忽视长篇评弹是不对的

我还对这几年来的评弹改革谈一点意见。早些时，评弹的说唱形式有向戏剧化发展的偏向，尤其表现在中篇评弹的演出上，这是很不妥当的。书是书，戏是戏，即或说书要向演戏吸收一些东西，但也不是戏剧化，为什么我们一学人家就要把自己的特点忘记了呢？对于这种偏向，评弹团要负一些责任。再有，评弹团有一个时期忽视长篇也是不对的。现在的观众愿意听长篇，问题看你怎么说。最近我听姚荫梅同志说长篇《啼笑因缘》就很受启发。他是那么善于穿插。有一次，他说沈凤喜被迫唱大鼓那一段，就联系到自己从前受迫害的情形，娓娓道来，听者动容。长篇的妙处之一，便是穿插。它可以缩短观众和演员感情上的距离，这是别的剧种所缺少的，我们几乎把它丢了。

<h2 style="text-align:center">领导问题</h2>

评弹协的领导必须加强　书艺抢救工作要抓紧些

最后，我还要提一提，市文化局必须很好地把评弹协会领导起来。现在评弹演员增加了这么多，有的一个月赚一千多，有的连场子也接不到。有的勤勤恳恳、规规矩矩在说书，受不到重视；有的却把评弹看得那么容易，以为只要能唱各派唱腔，有几件"行头"换换，就会走红了。因此在近来的评弹界，出现了一种不顶正常风气，就是不肯好好研究艺术的风气。听说有些说评话的人也想找人拼档，这怎么行呢？还有，近几年来，有不少老艺人去世了，他们的书艺也随之而去了，这是非常可惜的，但是，我们还有很多的老艺人活着，他们的书艺还来得及抢救，希望领导赶快把这工作抓起来。

原载1957年5月11日《新民报（晚刊）》

举重若轻金声伯

我这一篇要写苏州评话家金声伯先生。但提笔之际，心里有些五味杂陈，不胜怅惘，因为金先生已于2017年的6月间去世了。终年八十八岁，当然也算是高寿，但我觉得凭金先生那种洒脱不羁意气风发的性格，他可以活一百岁，甚至一百岁也不止。可怕的糖尿病，让金先生承受不住环境、天气、人事等等时有变化的折磨。听说金先生死前的那些日子，家里没有什么人。老妻已先他而去，儿子又到澳大利亚孙子那里去了，就剩一个雇来的保姆服侍他。就在他逝去的十天以前，上海的评弹作家窦福龙兄去看他，谈了好久，金先生还是有说有笑的，一点看不出有临危的迹象。金先生还向窦兄说，吴某人（指我）出的三本书为什么不送给我？我很有意见……

我那三本书就是2016年初由上海辞书出版社出版的散文杂感集，此事全由上海城市管理学院原院长王其康兄经手办理。王其康和金先生也很熟，常到苏州去看望他。据王兄说，三本书我明明送给金先生的。金先生让他将书放在楼下儿子的店里，难道他忘记了？忘记就忘记吧。金先生在窦兄面前对我的责备，说明他蛮看得起我的。

倒不是自摆老资格，我认识金声伯，是在上世纪60年代头几年，金先生随同江苏省曲艺团到上海演出，在我家附近的大华书场做日场，我常去聆听，又到后台去访问，从此对他留下了深刻的印象。我不知道金先生对我有什么看法。他那时很走红，所到之处，享誉众口。大华书场场场客满，其中有好多喜欢听书的女眷。但她们不是来听别人的，而是来听金声伯的。那时我对金声伯的观感是：随便什么话由金声伯嘴里说出来，就特别俏皮，特别发噱，特别引人入胜。再看看台上的金声伯，好像并不费什么力气，就这样的随随便便地说出来，就让人感到特别有趣。内行称金声伯是一张"巧嘴"，是祖师爷特别宠爱他，天生地赋予他有能说会道的奇才。他只要稍微花点心思和力气，就能达到别人花两倍、三倍的功夫也达不到的境界。我这样说可能太玄虚了一些，别的评弹家又有别的特点，同样是不能忽视的。比如也是在大华书场，我曾经连续听吴子安说《隋唐》有好多日子，那是另一种感受。吴先生在台上可以说是一丝不苟，每一句话都让人感到有分量有来历。你听他的书不能不用心，笑声很少，时时感到有点震撼，原来我们的历史上发生过这样奇怪的事。

60年代初我虽然在晚报当记者，同时又背着一个羞以见人的包袱"摘帽右派"，在当时是另类身份，我自觉低人一等，所以也不敢和金声伯多接触。何况他要服从团里的安排，随同来去，在上海不能多耽搁。我估计那时金声伯是知道我的身份的，表面不说，实际上也不能不与我保持恰当的距离。所以那时我对金声伯的理解还是非常肤浅的。现在也谈不上深刻，只是凭历年的经验，对戏曲艺人这一行多增长了一点见识，再经过"文革"的锤炼，沧桑变幻，彼此再见面时很自然地就觉得共同的话语多了一些，感情因而更容易接近了。

从1970年春节前到1976年初，我被遣送到南京梅山炼铁基地去劳动。也不是我一个人，有大批的上海干部在一个所谓的"四个面向"运动中一道来此。这整整的六年中，我硬碰硬地当了那里烧结厂的一名操作工人，早中晚三班轮流转换，日子一长，我倒也习惯了。其间也脱离过一些日子，因为工地指挥部党委宣传部组织了文艺小分队，把我调去辅导青年人搞曲艺创作。因而结识了一些有关的干部，攀上了一些关系。不久，工地的剧场造好了，除了放电影，也经常有专业的文艺工作者来演出。总给我票子，但我不大去看，因为提不起兴趣，不管你演什么，无非就是那一套。

但这一次听说金声伯来了，他也是来"下生活"的，虽然日子不多，但以他的名望，颇受工地宣传部门的重视，派了人专门陪他。我听到这一消息，头一个冒出来的感想是"故人无恙"。金声伯在"文革"初期只怕也难免划在批判之列，"靠边"过一个短时期，但那是"小意思"。以金声伯的处世经验，完全可以不当一回事。果然，如今他又可以搞新的创作为由出来活动，以新的姿态和观众见面了。

梅山炼铁工地在建设之初，有个巨大的创造就是高炉的整体制造，整体从上海运出，从江面上漂浮着运到工地，再进行整体吊装，据说这是钢铁史上从未有过的创举。对外宣传，这也是首先列举的了不起的成绩。金声伯大概早已听说，这次来工地，不过是眼见为实，亲自瞻仰一下这座高炉的风貌。这个故事如何叙述，成为一段引人入胜的评话，我猜金声伯早已成竹在胸，这次来工地，不过是添加些现场感受，仿佛当时亲自参与似的，有了梅山建设者的激情。两三天后，可能是金声伯将要离去的前一晚，在工地的剧场，金声伯说了这段故事，题目叫《顶天立地》。当晚座无虚席，我也得到一张票子，而且是前排的，看台上清清楚楚。金声伯穿一身中山装，态度严肃而温和，说表有层次，有分析，更有悬念。说到高炉的巨大体积，他举了一个例子，说就好比从前我们用过的火油箱，人掉在里面，不过是一粒长生果……多么形象而生动的比喻，也是说书不可缺少的噱头。台底下顿时哄然大笑，还有掌声。我这时的感想，金声伯毕竟是金声伯，出言吐语，另有一功，还是那么自然从容，显得一点不吃力的样子。散场后，我有过闯进后台去看望他的冲动，再想想又废然而止。限于当时的环境，我去看他可能会引起周围人的不满，说不定要怀疑我别有意图，使金声伯感到为难。凭以前我只是采访过他的那点交情，还没有成为很熟的朋友，在某些场合，他大概很难和我叙旧，更不能显露热情，我是有这些顾虑的。

"文革"以后在上海，我和金声伯遇见了，谈起此事，金声伯怪我：你那时怎么不来找我？我和工地上的那几个人有些交情，说不定我可以帮你说几句好话，帮你改善一下当时的处境。我听了，口头上连连表示懊悔，错过了，但心里想的却是现在你可以说这样的话，可是迫于当时那种形势，我可不愿意连累你。我的为人之道曾经有过这样那样的糊涂不注意的地方，但"识相"这一点我还是有点领悟的。

"文革"以后，特别是《新民晚报》复刊以后，我被调回主编副刊，虽与文艺界的接触少了，但副刊仍要发表关于文艺题材的稿子，戏曲的题材占了相当的比例。我与文艺界人士也时有来往。晚报文艺部负责采访评弹新闻的姚荣铨兄是位很有活动能力的记者，他与评弹演员的交往很密切，上海的吴君玉先生几乎同他到了称兄道弟的地步。不用说，江苏省曲艺团的顶梁柱金声伯先生也在姚兄的笼络之列。复刊后的晚报早期在九江路近外滩的一幢房子内办公，金声伯曾来做客，无疑是应姚兄之约而光临的。有一次在电梯口与我相遇，他本来要走，此刻又停住与我谈了一会。我只觉得此时的金声伯迫切需要有经常演出的机会，经常有发挥他过去难以展现才能的场地。听他的口气，好像对江苏省曲艺团过去那种经营管理方式有点不满，演员平常都被"封闭"起来，逢到官方有什么需要才去露露脸，作为点缀。他说："进了团，我才明白，原来是这么回事！"他不想做"御用"的宫廷艺人，而要与广大的观众经常在一起，在不断爆发的哄堂笑声中得到安慰。

此时的金声伯确实也不同往昔，他的活动多了，跑的地方多了，仰慕他名气的人也多了。金声伯说的书《七侠五义》，本来不过是民间传说，老百姓茶余酒后笑谈解闷的故事，如今竟也成了外国人研究中国传统文化的课题。他曾经被邀请到美国去，在一所大学里讲解《七侠五义》中的侠客，介绍分析"五鼠"中白玉堂这个人。在我想来，美国人所以对此发生兴趣，无非是想从白玉堂的身上了解中国古代封建社会的形形色色，有压迫就有反抗，于是白玉堂和他结拜的兄弟们便应运而生。他们以为凭着自己一身武艺，一副心肠，可以为受欺凌的老百姓打抱不平，纾解苦难，虽然也确实做出了一些劫富济贫的义举，但最终还是屈服于皇家的笼络之下。白玉堂尤其是个悲剧人物，他最终死于一位势力浩大的皇亲设计的杀人机关（是不是"铜网阵"）之中。

我猜金声伯到美国去讲述白玉堂，一定有比我上面分析的更高的视角，更为详细的剖析，留给美国那所大学一份难得的学术研究资料。

此后金声伯到上海的次数也多了。此时他已定居于苏州，只有必要时才去一趟南京。我不清楚金声伯此时是否已办理了退休手续，反正江苏省曲艺团对待金声伯这样的老演员、大名家，是有特殊政策的。上海毕竟是金声伯施展抱负的地方，迷恋他的听众也多。上海评弹界有什么特殊的演出活动，也一定要请金声伯来壮壮声势。有时要举行什么研讨会，也一定要听听金声伯是怎么说的。反正苏州离上海近，有专车接送，当天来回，是很便当的。

至于在上海较长时期的营业演出，我只记得有两次。一次是在徐家汇那边的一个什么地方，书场是在二楼。另一次就是在南京西路上海评弹团特设的书场内，他也睡在这里的招待所内。因为是金声伯来说书，再远的场合我也要去，不止是为了听书消遣，更是为了和金声伯能在私下接触，听他随随便便地说些什么，也会感到个中有奇趣。

他也常与上海的同行在一起，有两次我也参与其中。他们"道中人"之间谈话，更为坦率，更为深切，好些话是他们在台上不好说的，此刻听来更加有味。而他们能在我面前说这些话，表明他们认定我是可靠的朋友，不用顾忌什么。这又让我有了一些领悟。所谓三百六十行，各行有各行因年深日久而自然积累并未形成条文的习俗、规矩和章法，身入此行，什么是可以做的，什么又是不可以做的，不用多说，自能领会。最重要的一条，我认为就是他们各自的切身利益和已有的名望不能侵犯。尤其在金声伯这种道行高深的"老法师"面前更要注意。我采访文艺新闻多年，常和戏曲艺人打交道，早已懂得了这一点，就是对他们要尊重。他们的文化水平也许不及你，对客观世界的认识有局限，但他们有特长，有奇技，更有喜欢他们的大量观众。在这些方面你在他们面前显得谦逊一些，还是有好处的。

这使我想起了一件事，就是1994年，因年龄关系，我已经不担任晚报副刊部主任职务了，但是还留在副刊部，协助做些审稿、改稿的工作，版面上长篇连载这个栏目还是由我负责。此时眼看正在刊登的一个长篇不久就要结束，下一个登什么还没有定，总希望题材能换换口味，内容有咬嚼的。想了好些日子，忽然想到了金声伯说的《包公》，不是在台上演说的长篇，而是他为适应参加什么晚会的需要而编的一个小段子，这个段子说起来不过二十多分钟，却大略涵盖了包公的一生和为人。其时社会上已经逐渐响起做官要清廉公正的呼声，包公是家喻户晓的古代清官，把他的故事再添油加酱复述一遍，也有些借古喻今的效用。经与报社有关同志商量定夺后，我就去找金声伯提要求，那时，他正在上海，听我一说，马上同意。但他只能给我那个小段子的录音，如何根据这段录音变戏法是你（指我）的事。当下我就决定，就由我亲自动手，自审还能摸到你（金声伯）的心意。

这就是见了报后来又出了书的《开封府》。报上的署名就用金声伯，我不出面，可以让读者感到好奇：金声伯居然会写文章？这也是在制造一个悬念。

根据金声伯这个小段子的原作，我写了宋仁宗对京都开封府尹忽然缺位，选择继任人选的考虑；写了包拯的从小到大的成长经历；写了他在县令的位置上接待上司的态度；写了他初任开封府尹面对权贵庞太师用的策略；然后写了他侄儿包勉在县令任上和庞国舅勾结，贪污了国家大量的钱粮，最后被包公逮捕，死于铡刀之下。我只用了金声伯原作百分之三十的内容，其他近百分之七十篇章是我的构想。连载刊登出来第二天，金声伯就打电话来说："灵格，灵格……"那时他人在苏州，每天早上出去吃茶，碰到他遇见的朋友，凡是看了晚报的，都要跟他说："昨天写的我已看了，好，写得好！"金声伯连忙说："不是我写的，就是挂个名……"朋友说："不是你写的，也是你出的主意吧！"

金声伯对此很高兴，更使他高兴的是晚报付给他每篇五十元酬劳（那时已不低），按时寄到，绝不耽误。他不知报社另外也付我一点稿费，但面子上的光彩，全归了金声伯。

包勉被铡的故事，京剧有一出《赤桑镇》，写包勉的母亲即养大包拯的嫂娘前来问罪，痛责包拯忘恩负义之后就要自尽，包拯跪下来唱了一段"自幼儿蒙嫂娘训教抚养"之后，嫂娘立即悔悟。这出戏当年是裘盛戎和李多奎的杰作，至今传唱不衰，影响很大。金声伯曾经也认为我们合写的《开封府》如写到这里很难办，不照京剧的路子写似乎不可能。但我觉得京剧只是唱得好听，但情节太简单了，嫂娘不可能一下子就回心转意，认为这个小叔子大义灭亲的举动是对的。在此我花了点心思，让包拯想出一些法子，授意手下的人旁敲侧击，慢慢地说服嫂娘。这些篇章见了报，读者觉得可信，反映到金声伯那里，他更对我另眼相看了。

这段包拯初上任就大义灭亲的故事写了七十篇终于结束，但这个连载至此已是欲罢不能，读者还想看下去，于是又写了那个熟悉的"狸猫换太子"的故事，全部根据金声伯的评话来写，但我也作了好些加工和改动，主要是让这个玄奇的故事更真实一些，更合理一些，更能与现代官场风气接近一些。总共写了两百篇，大大地超过晚报过去刊发的连载的篇幅，不能再延续，只好停止。但读者意犹未尽，他们写信给上海文艺出版社，要求出版此书。出版社负责此事的孟涛兄打电话到报社来问，这个连载究竟是谁写的？报社告诉了他。孟涛一听那人是我，连说："我们是老同事，好办……"因为从1978年下半年到1981年上半年，我曾在文艺出版社编《艺术世界》，与孟涛同志在一个编辑室。有了这份交情，出书的过程也很顺利，但出版后稿费不多，记得总共四千元还不到。这时金声伯正在上海，我把样书和稿费一起送到他的住处。那天他的房间还有别人，其中一人记得是杨振言先生，跟我也是熟悉的。是他先说："声伯，这笔钱你就不要分了，应该都给吴某人（指我）。"金声伯马上说："我当然不能要……"他的态度很诚恳，不像言不由衷的样子，我也就老实不客气，把稿费"独吞"了，但样书还是要给他的。书的封面上印着著者"金声伯秦绿枝"的字样，金声伯三个字还是放在前面，表示他是这本书的头一位付出心血的作家。

此后曾经有别的评话家同我联系，问我有没有兴趣同他合作，再写一本他说的那部书的故事。我回说，兴趣倒有，就是心有余而力不足，因为年纪不饶人了。就是写出来，晚报也不定肯发表，我已不在其位，退休回家了。

记得是2007年一天的一个上午，忽然有个陌生人光临我家，还带了不少礼物。这个人长得很高大，戴着眼镜的脸上洋溢着诚恳的笑容，称我为"吴老师"。他就是时任上海城市管理学院院长王其康同志。

素昧平生，他贸然来访，干什么呢？原来王兄（现在我可以这样称呼他）虽然是干教育的，却对文艺戏曲很感兴趣，尤其对评弹更有遗传性的特殊爱好。他们家原籍是苏州，从小就听惯了琵琶弦子的声音。近年他利用手中的一点资源和关系，办了几次评弹演出，取名"江南清韵"，约请友好前来赏听，也结识了好些评弹名家。现在他听了金声伯先生的介绍来找我，为的是将《开封府》改编成一个中篇评弹。说明王兄不仅仅是评弹的爱好者，还想做参与者，为评弹的振兴出点力。

自此以后，我与王兄就来往不断，更因为性格投合而成了好朋友。为《开封府》的改编，王兄在他的学校内开过好几次座谈会，每次都用专车接送金声伯前来参加，借着这个机会，我又得到了常与金声伯见面的机会。

《开封府》弹词中篇由行家饶一尘先生执笔编就，于2008年1月间与观众见面，反响如何，我没有多打听。反正一个新作问世，要不断地在实践中修改加工，才能趋于成熟。《开封府》好不容易约请了各地的几位评弹家，临时凑在一起，只能匆促地排练了一下。你要他们长时期地来磨炼这部新书是不可能的，现在只好搁在那里。但它总算在延续评弹的发展中起过了作用。其中，王其康为此出钱出力，还忍受了一些意想不到的误解，说明他对评弹的爱好是真诚的，不计得失的。

我曾有过这样的傻想，最好多有几个王其康，使评弹能借助外力，把市面做得兴旺起来，不像现在这样，太冷清了。

再想想，错了。评弹的兴旺靠什么？主要还是要有出色的后继者，就是一位中央领导曾经说过的，要"出人"，出的不是一般而是杰出的人。而评弹的现状是弹词还出了一些后起之秀，评话却不见新人的踪影。也许是我孤陋寡闻，上海目前老的评话家好像就剩一个陈卫伯，是金声伯的师弟，如今也是八十大几的人，难得露面一次了。

张鸿声当年在上海评弹团内收过一个学生。此人后来到了美国，若干年后又回来了。现在好像难得露面，不知他继承老师的衣钵如何。学张鸿声要有特殊的天赋。他在台上即兴发挥，见景生情，随口就是一个"噱头"本领是不易学到的。

吴子安倒有一个学生，比较成熟了，还担任过上海评弹团的副团长，可惜退休后不久就去世了。

吴君玉死得更可惜。他的成就是不断磨炼出来的，越是在拂逆的境遇中他越是刻苦努力，终于能自成一家。他每演一次不知要花费多少精力，他儿子现在也说书，但影响不大，倒是在电视中当主持人的机会更多一些。

其他如说《三国》的陆效良，说《包公》的顾宏伯、祝逸伯等都曾走红一时，现在都已故去。他们有后继者吗？好像都身后寂寞，没有什么影响。

浙江的情况我不了解，不能瞎说。

江苏出了个汪正华，是金声伯的学生，在台上出言吐语，举手投足，活脱是金声伯的翻版，但又缺少金声伯的那种分量，那种内涵，说话的节奏又太快了些，台下的人来不及听清楚他就过去了。金声伯曾经对他有些不满，很少同他见面。但最近几年，师徒的感情恢复了。要说继承金声伯的衣钵，我还是看好汪正华，不过他的年纪也不轻了，闯荡江湖的那股锐气大概也磨去许多了。

南京江苏省曲艺团还有一位姓姜（？）的，也是小一辈的评话家中颇有名声的一位。他跟金声伯有点渊源，我以为是他的徒弟，不想金声伯听见了连忙纠正："是我徒弟的徒弟。"我在电视里领略了他的风度。他说过《包公》，近日又看到他说的《康熙皇帝下江南》。他说书时动作不多，只以说表取胜，似乎颇有幽默感，这一点我很为金声伯高兴。学他的人不要追求形似，而要注重神似。真正把金声伯的"奥秘"学到家。

那么金声伯的奥秘又是什么呢？我在本文的开头其实已经提到过了，就是"说"。评弹的四门技艺是说噱弹唱，说是第一位的，说书说书，你不会说哪儿来的书？评话家随身所带的只有口袋里的一块"醒木"，走东到西，就凭一张嘴混饭吃，乃至赚大钱。当年有个说《英烈》的许继祥，他是个哑嗓子，说起来慢吞吞的还是有人爱听。他在电台做节目，往往在深晚九十点钟的时候，四周宁静。人家就把收音机打开了，听许继祥说书。凭借着麦克风，许继祥在静静地说，人家在静静地听。听着听着，好像要睡着了，忽又惊醒，许继祥还在静静地说着……日子一久，就成了一种习惯。

金声伯之所以出人头地，就是说得好。什么话由他嘴里吐出来，就特别有味道，也有劲道，好听。不光是说书，开会时有金声伯参加，轮到他发言了，在场的人就来了精神，听听金声伯是怎么说的，就是不放噱头，他的话也不是干巴巴的，而是有根据、有见解的。

大概在 80 年代初，有一次在苏州举行有关评弹研讨会。上海的有关领导都去了，评论家去了，报社记者去了，我也去了。研讨会放在当时算是不错的一家宾馆（或称招待所）里举行，苏州方面参加的人我说不清，反正金声伯也被请来了。研讨什么，其实大家说来说去都是空话，最重要的还是靠评弹演员自己来打开局面。关于这方面的问题，又各有各的见解，老书是不是还有人听，新书又怎样出现精品，还有当前主客观的形势如何，等等，金声伯也提出了他的看法。但是，金声伯的发言又不及他说的那回书使人印象深刻。原来就在会议结束以后，明天大家就要分道扬镳的这天晚上，金声伯在宾馆内为大家说了回书，说是余兴亦可，说是示范亦可，反正大家都听呆了，反正开了几天会的最大收获就是听金声伯说书了。

　　那晚说的是《包公》的后半部中的一回，狄青装死，朝廷派包公去探访底细。说的时间好像比他在台上说的要长一些，大概在自己人面前特别卖力些吧。但金声伯说来又是那么轻松、自然，一些话好像是随口说出来的，而在我们听来却别有深意。我体会他借书中的情节发展、人物内心，抒发他对现实的感悟，比如他把当时还在实行的"外汇券"的作用也结合到书里去了，但是一点不牵强，只让人不得不发出会心的微笑。

　　又一次，苏州有家新剧场开业，这家剧场将来也是评弹的演出阵地，所以这一天的庆贺节目，又以评弹为号召，特地从上海请来好几档中青年名家，最后送客的是金声伯。他是江苏省曲艺团的，组织关系在南京，但家住苏州，所以一请就到，但也是"贵宾"的身份。

散场了，大家纷纷散去，只听得上海的几个记者说："最好听的还是金声伯。"

自从和金声伯合作写《开封府》以来，我们见面的次数就多了一些，有时他到上海来，有时我到苏州去。一次我还体验过金声伯在苏州的休闲生活。上午到茶馆店吃茶，下午到混堂里去洗澡。时值冬令，金声伯规定一个星期洗两次澡，都是在混堂里，他说："这样也不算龌龊了。"

有一次陪他吃茶是在一个名"纱帽厅"的地方。这是一幢老房子，进门是条狭弄堂，走了一段路，左手拐弯，进入一个厅堂，不大，但梁柱顶上的木头，都刻着旧时做官人戴的乌纱帽的模样，最明显的标记是帽子的两只翅膀。厅内摆了一些桌子凳子，就在此吃茶，似乎很简陋，连厕所也没有，就在外面天井里放了一只木桶，供人小便。然而老茶客不在乎，他们来此可以放心聚谈。老朋友在此相见，不拘形迹。金声伯所以转移到这里来，贪图的就是这里更加平民化的气氛。

苏州电视台要为金声伯拍录像了，其中一个片段是约几位老朋友谈谈他的艺术特点。那天一早苏州电视台特地派了汽车来接上海的客人，记得其中有陈希安、潘闻荫、窦福龙等，我也列入其中。车子先到电视台，金声伯已在那里。我们一个一个轮流进去录音，快到中午就结束了。然后由金声伯带领，又乘汽车来到近阳澄湖的一家饭店内吃螃蟹。座上彼此谈笑，说的都是体己话，没有场面上那些官话套话。下午上海的人回去了，每人又拎一包螃蟹，大概是电视台送的，也算是酬劳吧。另外金声伯又送了每人一包烧饼，这是他特别欣赏的苏州一家点心店的产品，吃起来很酥。他说："你们吃吃看，我是觉得比一些面包啊蛋糕啊什么的好吃。"本色的乡土风味，使人更有亲切之感，金声伯是很懂得这一点的。

又一次江苏还是苏州某电台以金声伯为题录音，地点在窦福龙开设的"乡味园"菜馆内，被邀录音的人好像就是窦福龙和我，我只是陪衬，所以先录。我对金声伯的艺术特色，就概括为四个字：举重若轻。看金声伯说书那种轻松的毫不吃力的样子，其实也是花了很大功夫，又积累了多少经验才取得的。举重若轻是一种很高的境界，没有若干年深厚的道行是达不到的。我说不出评弹内行那种一套一套的术语，只觉听金声伯说书是一种愉快的享受，台上台下的人都很愉快。其实台上的人苦心孤诣，为说好一回书，起好一个角色，花了多少心血！

我说了这些，觉得来录音的两个年轻人好像不大懂，似乎觉得我说的太平常了。其实我和金声伯交往，听他的书，也是琢磨淘洗了好久得出的感受。我不敢自诩为金声伯的"知音"，但确实喜欢他的从容不迫的风格。有的评话家也出了名，但他在台上那种咬牙切齿又手舞足蹈的表演，我觉得太吃力了。

最近几年，我和金声伯的来往少了。我已退休多年，也渐渐地退出了这个社会，不大和外界接触，年岁不饶人，我也没有这个精力了。但从别人传来的消息，金声伯也越来越沉寂了。只听说那几年一到夏天，就要到澳大利亚孙子那里去住上一阵。他喜欢孙子，甚于儿子，但澳大利亚那种环境他又不大习惯，住不多时就想回来，回来不久又想去……我看这是一种老年人的无奈。老年人常常就是觉得这也不舒服，那也不对劲，但是身体健康的退化，使他又不能不忍受这种苦闷。像金声伯这种过去在书坛上叱咤风云，到处听见掌声笑声的人，眼前的寂寞，使他感叹不已，心底里恐怕是相当抑郁的。

何况他已得了糖尿病，渐渐地连走路也感到吃力，出门要坐轮椅了。有一次王其康为他这病，在上海联系了一位医生，想为金声伯化解一下。那时他还走得动，趁到上海参加一个活动的机会，去看了这位医生。两人谈得很好，金声伯得到了不少安慰，调整了抵抗疾病的一些做法，可病根就是除不掉。在病逝前那一两年，他恐怕只能终日守在家里，困卧床榻了。相信金声伯是善于排解的，对人生的自然规律的运行是想得通的，该来的总要来，但想不到会这么快，这么突然，一下子就永远地离开了大家。

火化的那一天，王其康兄与朋友袁先生去了，上海评弹团副团长徐维新去了，此外就是他的家人。想不到金声伯在生前竟然顺从孙子的意愿，皈依了基督教，所以火化的仪式，带有听从上帝召唤的味道。我不禁瞎想，在那个虚无的世界里，有着更多的和更早出名的同行在等他，大概金声伯和他们争胜去了。

我看魏绍昌

我有一个朋友，在我的记忆中，有时也会浮起他的身影。但一想到与他相交几十年，直到最后在殡仪馆送他远行，其间种种的先是愉快后是不大愉快的来往，又觉得他已离世多年，我也濒临湮灭，大家都归于无有，生前的一切恩怨，也都化为墟烟，算了，不说也罢。

但是这个人在一段的历史时期内，在一定的文化圈子里，说没有什么太大的名气也小小的有名。好些文化名人都认识他，托他办过一些事，心中却又对他有些看法，表面上还是要拿他当个朋友看待。忽然想起，前些时候报纸上登载过一则关于《养猪印谱》被发现的报道。1958年毛泽东发动"大跃进"，号召农民家家养猪，一时报纸上刊载了大量关于养猪的报道，还有好多口号和格言。当时有三位治印家单孝天、方去疾和吴朴堂，就把这些口号和格言刻成一部印谱，以示响应，以示拥护。实际上是以此扬名。殊不知出这个点子并收集这些口号的人就是我的这位朋友。他的大名当然也在印谱出现了，不是作者而是编辑者。

说了半天，你这位朋友究竟是谁呢？就是上海作家协会原图书资料室负责人魏绍昌。"文革"以后，他也跻身进入文史学家的行列，评上了图书资料研究员的职称，这也是他一生与书有缘应该得到的待遇。不过在我说来又要归结于一种带点迷信的观点，就是终魏绍昌一生，他的命运还是比较平稳的。几次政治运动，尤其是"反右"，都没有触及他。至于"文革"，这是文化人几乎个个都要遭难的灾祸，绍昌吃的那点苦，不算什么。很快地他又能从他接触到的图书资料中找到他可以发挥的东西。上世纪80年代后期，他竟能受德国一所大学之聘，到海德堡去作研究，为期有好几个月，不能不说是一桩令人惊讶的奇迹。

最早一次见到魏绍昌，是1946年下半年还是1947年上半年，吴祖光还没有到香港，仍在上海《新民报》编副刊"夜花园"。有一次我到《新民报》去，见吴祖光的写字台对过，坐着一位戴着深度近视眼镜、穿着长袍、外套马裤呢大衣的人，年纪在我看来已三十出头，其实没有，不过生得有点"老相"。经吴祖光介绍，这位就是魏绍昌，这位是"小吴"（指我）……那天，吴祖光好像要还一笔钱给他，魏绍昌连说："不急，不急，你留着用好了……"

那天绍昌坐了一会，祖光对我说："他是银行职员，家里很有钱，但他喜欢结交文化人，也喜欢买书，家里的抽屉打开来，摆的都是书……"

这就是我头一次知道的魏绍昌。到1947年，我也进了银行，收入稳定，也就渐渐地打消了做文化人的念头。吴祖光已经到香港去了，原来在中国银行做事的诗人袁水拍接手编《新民报》的副刊"夜光杯"。但这是他的兼职，每天下午从银行里抽两三个小时到报社来发稿子，看大样，还有些事可以在家里做。有一天在外白渡桥的马路上碰见他，要我也写点稿子，我连连答应，却一直没有写，因为那时我的心思主要已经不用在这方面了。

魏绍昌倒有时碰碰头。有一次他给了我一张苏联电影的票子，因为放映地点就在离我家很近的巴黎电影院，而且是星期天的日场，我去了。电影可不敢恭维，或者说我的欣赏水平够不上。这是一部歌剧纪录片，女主角长得又粗又壮，嘴唇上发青，好像刚剃过胡子似的，又好像还闻得出她身上散发出来的羊臊气。我如坐针毡，因为绍昌就在我身边，不好意思半途退场。绍昌看得也兴味索然，因为票子是一位左派人士给他的。看得出，这时的魏绍昌已经认识了一些进步文化人。其中比较接近的大概是后来成为上海市作协领导的文艺评论家叶以群。解放前，叶以群在上海做地下工作，办了一个出版社作为掩护。魏绍昌喜欢买书，与之接触。叶以群可能也有用得着魏绍昌的地方。绍昌在一家私营银行做事（名为中一信托公司），没有政治色彩，可以在经济上帮叶以群做点事。叶以群的私人积蓄，就存在魏绍昌的银行里。

据吴祖光说来，魏绍昌之所以能认识这么多文化名人，全是"从我这里见到的，好多也是我介绍的"。这话不假。可是魏绍昌所以能认识吴祖光，又是唐大郎、龚之方介绍的。魏绍昌很早就认识小报界的一些人，还与人合编过捧越剧女伶的小报，写过文章。魏绍昌的家境甚好，他家原籍是绍兴，父亲魏晋三在上海银行业（现在叫金融界）很有名，起先开过钱庄，后来是上海中汇银行的副总经理。总经理就是杜月笙，也是董事长，很明显是中汇银行的大股东。杜月笙借此而成为正当的银行家，洗白了他从前的黑帮事业，但他本人是不具体管理银行业务的，得力助手之一就是魏晋三。魏绍昌也进了银行性质的中一信托公司，做到襄理的地位。但他本人喜欢写写弄弄，先从小报入手，凭他以"银行小开"的地位，花点钱请请客，很快就打开了局面，最后能结交龚之方、唐大郎，直到抗战胜利以后，从龚、唐那里结识了重庆来的文化人，成了他们的朋友。

他能够和我"热络"起来，是我的工作关系。上海解放后我从银行转到新办的《大报》当记者，先是跑政法新闻，后来转到文艺这条线上来。尤其是戏曲，忽然兴旺得不得了，其中地方戏当时最红的我认为是女子越剧，上海大大小小的剧场，差不多全让她们攻占了。比如已经拆毁，最近听说又要重建的"长江剧场"（原名"卡尔登"），从前是话剧的阵地，京剧也演过。剧场老板周翼华是颜料巨商吴性裁的小舅子，喜欢京剧，自己也会拉胡琴。他原来瞧不起越剧，说他的剧场决不让越剧来"占领"，如果来了，就"挖我家祖坟"。可是徐玉兰、王文娟的声势却让他招架不住，因为玉兰剧团的生意太好了，一天日夜两场，场场客满，剧场的收入大大增加，不容周翼华不俯首贴耳。再说剧场后来改为公私合营，换了当家人，周翼华也做不得主了。

此外，尹桂芳、徐天红在贵都，戚雅仙、毕春芳在金都也红得不得了。还有其他稍次一等的越剧团，差不多在全市大小剧场都有她们的"的笃板"的声音，真是盛极一时。

沪剧的情况也不错，几位有名的演员各有自己的"粉丝"，最有锋芒的当然是丁是娥，她的政治地位也提高了。

京剧当然还处于"老大"的地位，但和地方戏比较起来，情况好像不大热烈，除非素有盛名的北京名角如尚小云和他的两个儿子在共舞台的演出，谭富英、裘盛戎在天蟾的演出能引起轰动，别的尤其在上海已经演久了的一些角儿，观众的好奇感就不是很浓厚。

另一个变得火爆起来的就是苏州评弹。她本来在上海就有听众的基础，现在更加扩大了，连原来对此没有兴趣的人忽然也成了"老听客"。当时的私营商业电台每天播出的节目中评弹占了很大的比例，有的索性就叫"空中书场"。至于实体的书场更是遍布全市。除了几家舞场利用下午的空间开设书场外，连国际饭店也将四楼原来吃茶吃点心的"孔雀厅"改成了书场。我们《大报》的主编陈蝶衣先生原来是作流行歌曲歌词的能手，现在也作起评弹开篇来了。

我改跑文艺新闻，重点是戏曲；戏曲中又以京剧、评弹为我的"专业"。经过一段时期探访，京剧名家不大好接近，说书先生却比较"好说话"一些，除了到书场听书，那时每个星期天上午，一班说书先生要到一家茶楼聚会

（他们组织了一个评弹改进协会，会长先是杨斌奎，后是严雪亭），我也常去混在他们中间，一边吃茶，一边闲聊，不久就跟一些"先生"混熟了。

魏绍昌原来只认识一些电影话剧演员，跟戏曲演员却不太熟，但也是他很想结交的。现在见我"混"进这个圈子，引起了他的兴味。当我和某一位演员来往过几次，有点交情了，这时魏绍昌便参加进来，一道谈谈戏，谈谈人生世事。比如曾在解放前上海戏剧学校学过戏的女青年演员陈正薇拜梅兰芳为师，是梅先生很喜欢的一位女弟子。有天她应邀在"大世界"的京剧舞台上与名票魏上吼合演义务戏《王宝钏》，我闻讯先到陈家去采访。陈家如今只剩一位老母亲和陈正薇三个姐妹，住在凤阳路一幢老房子后面的一个亭子间内。陈正薇的父亲就是早先的戏剧家陈大悲，已经过世，老母亲将四个儿女抚养长大，很不容易。他家还有一个儿子，先在武汉混得不大好，是家里的老大，也回上海了，进了话剧院的演员学馆，后来成了陶金的女婿。我到陈家去，她们全叫我"吴大哥"，好像对我很信任的样子。不久，我就将绍昌带去，于是陈家又多了一位"魏大哥"。那时魏大哥看样子比我还要厚实稳妥一些，因为他家的底子也比我家好得不知有多少倍。陈正薇有次陪一位唱老生的有钱女票友唱了两天戏，得到一笔酬劳，好像有上千元吧（那时可是一笔不小的数目），她母亲就托魏大哥帮着存起来，可见陈家对他的信任。"文革"以后，陈正薇"落户"南京，当然也老了。魏绍昌有一年去南京出差时，拜访过陈正薇，我却一次也没有见过她，因为没有机会。我想，即使见了面，大家都上了年纪，反而会触发伤感的情绪，不见也罢。

1950年末，我随上海评弹艺人自发组织的"抗美援朝"宣传队去北京采访，评弹队的任务结束回上海了，我却留了下来继续在北京逗留一些时日，与由上海去的老朋友叙旧，顺便再见识一下北京，采访几个我素所仰慕的艺人如王瑶卿先生，这次是小王玉蓉带我去的。小王玉蓉管王瑶卿叫"爷爷"，她母亲王玉蓉是王瑶卿的爱徒，情同亲生的父女。

说起王玉蓉，也是上海人，在上海有房子，与报界的几位名家如唐大郎、陈蝶衣等都是好朋友。在北京的一天，我去拜访王家，她们硬要留我吃晚饭，还要代她们写信，时间弄得很晚，北京那时夜里戒严，我回不了驻地，就留宿在王家，小王玉蓉让床，她去跟奶奶睡一起，可见我们一见就熟。后来王玉蓉母女到上海中国大戏院演出，再后来小王玉蓉应大光明影业公司之邀，拍根据老舍的《方珍珠》改编的电影，这是讲北京曲艺界如何跟上新形势的。小王玉蓉就演大鼓演员方珍珠，陶金演她的父亲，孙景路演她的母亲，另外还有侯宝林演剧中的相声名家白花蛇，奉天大鼓演员魏喜奎演方珍珠的姐姐。戏就在上海拍，这下上海可热闹了。我去采访过几次，有时到王玉蓉家里去，魏绍昌也同去，不久跟王家也熟了。与我相比，绍昌更像已经有声望的文化名人，对新时代的一些见识也比我多。有一次他还在王家大讲"社会发展史"，不但王家母女，连我都听呆了。

这时期，经常还有一些宴会，大家轮流作东，这次是王家母女请，下次是陶金请，再下次……我参加过几次，都是吃白食，自愧没有这个"掏腰包"能力，所以有些宴会我就不参加，但绍昌每次都有份，他也借某个交际花家里请过一次客。

那时上海还有几位其实已有改业打算（比如嫁人，到香港去）的交际花，已经不大出来活动。但有老朋友相邀，还是会来应酬一下的。凡是这种场合，我都不够资格列席，但魏绍昌却是少不了的座上客。他每次总约一个戏曲名家同去，显得他的交友之广。

绍昌就是有这点本事，能抓住机会与一时颇为走红的戏曲家接近起来，因为这时他已进了上海市作家协会（因叶以群的关系），虽在图书资料室工作，正因他既有大量放在那里的图书报纸的文献可查，又有活的朋友给他提供各种有关信息，所以他在一些陌生的演员面前，显得是满腹经纶，通晓古往今来文坛掌故的学者，不由人不对他另眼相看。比如有一段时期不知怎么跟弹词家杨振雄熟起来了。杨振雄素来风流自赏，对中国古代几位知名文人如李白、吕蒙正等有恨不能与之交往之感。绍昌就建议他把川剧《评雪辨踪》改成短篇弹词来演，肯定大有噱头，并自告奋勇地愿意由他和朋友合写这个脚本，那个朋友就是我。这时我已被打成"右派"，跟外面断了来往。但魏绍昌常常打电话约我去，并不时要我帮他做些文字方面的事。那时我是很愿意的，觉得绍昌没有拿我"见外"，还当我是个"朋友"。弹词《评雪辨踪》的写作便交给我。我自认写得很用心，但写好交给绍昌，绍昌再转给杨振雄后从此就没有了下文，只听到绍昌转来杨振雄的一句话："本子写得很有文化水平。"我原来对此也没有多大的指望。那时只凭着一股不服气的心情，凭什么我要受到四周人们那样的冷落？我哪样事情干不来？你看，我现在不是连弹词脚本也写出来了，脚本里的唱词，我写得哪一点比人差？

上世纪60年代初，已经调往广东的陶金受命拍摄汉剧名家陈伯华的艺术片，拍摄地部分在上海，他们都住在南京东路外滩口的和平饭店。绍昌不知是受了什么使命，又经常地往和平饭店跑，好像在拍摄中也担任了什么职务似的。他和陶金是认识的，说不定陶金有什么事情要问问魏绍昌这位老上海。但听绍昌的口气，他最感兴趣的是从此认识了陈伯华。其实陈伯华与上海的渊源很深，她也是梅兰芳的学生，从前在上海经常到思南路梅家去。上海有着陈伯华的好多旧识，男的女的，这方面的事情绍昌在陈伯华面前谈起来可带劲了。他又让前面说过的三位金石家为陈伯华的艺名和作品刻了一部印谱，很慎重地送给了陈伯华，不知陈伯华识不识货。绍昌将此事告诉我时，他好像很得意，觉得自己的"点子"想得好，送名演员这样的礼物非但不俗，而且有艺术价值，也显示自己交游之广，路道之粗，与上海文化界哪一路的朋友他都使唤得动。

"文革"以后，画家张正宇有次到上海，跟朋友闲聊，聊到魏绍昌，张正宇说："怎么就出了个魏绍昌这样的人？……"话里有话，带有某种情绪。据我所知，张正宇大概在上世纪60年代起就喜欢画猫，他画的猫面孔只只都具有人的表情，既是漫画，又是国画，神了。我想魏绍昌不会放过张正宇，一定讨了"猫"来送人，显得他与张正宇的交情"搭得够"，这是让张正宇很不高兴的。

　　我和魏绍昌有纠结的一件事是在1961年。我已于头一年（1960）底从奉贤乡下调回上海报社。"右派"的帽子虽还未摘掉，但周围的气氛已经缓和得多了。我被派在报社的总务科，中午收发北京新华社的电报，下午做些杂事。文章还不能写，书可以看。魏绍昌一直平安地坐在"作协"的资料室内做他想做的事情。他忽然想起要搞民国初年鸳鸯蝴蝶派小说的研究，打算出两本书，一本是评论集，一本是资料集。评论集由他自己搞，资料集便交给我。就是要看好多旧文人写的小说，包括张恨水写的《金粉世家》《啼笑因缘》，海上说梦人的《歇浦潮》等。书经绍昌借来，交给我看。我当然是晚上在家里看，看完之后，选出书中有代表性的章节，再写一篇对这本书的评述文章。代表性的章节不止选一段，要选三四段，然后由绍昌决定用哪一段或是两段。那一年我几乎把这些旧小说都当作我的功课看遍了，平心而论，有些小说写得还是不错的，文笔也好，而且真实性很强。作者是旧文人，但他们的国学底子好，文章都写得流利而生动。只是在新文艺崛起之后，这些小说显得不合潮流了。把这些作品统统归入"鸳鸯蝴蝶派"也不公平，但那时就是这样的评价，好像是"钦定"的，你也没有办法为其申冤。

　　当时听绍昌说，书两本都可以出，但客观形势又起了变化，风声又紧起来了。书只出了一本评论集，资料集就搁在那里，等吧。一直到了"文革"以后，已是80年代了，上海文艺出版社又要出这部书了，两集都出，我听说那本资料集没有我的名字，魏绍昌只在开头的序言中提了一下我也为此书做了点事情，轻描淡写的，完全不把我当回事。我有些不服气了，便把当年我为此书出的力、做的工作，告诉了出版社的人。须知我1978年调到文艺出版社，创办了《艺术世界》杂志，因为晚报复刊，才把我硬调回去的。算来我也曾经是文艺出版社的人，自家的老同事受到不公平的对待，出版社也觉得不应该，由他们出面向魏绍昌交涉，魏绍昌辩称："吴承惠是做了好多事，但最后定稿的是我……"出版社的人说："这也不能否定吴承惠（我的本名）的劳动……"大概魏绍昌想想也觉得不妥当。最后书出版了，资料集的编辑是两个人，一个是魏绍昌，一个是我，是印在书的封面上的。这件事我从头至尾没有直接跟魏绍昌交涉过，全由出版社代打抱不平。过了些时候，绍昌一天到我家里来，我正好在灶间里弄些什么，他就站在后门，跟我说了几句话，有一句好像是"对不起你"，我没有听清楚，也不好意思再说些什么，大家还是朋友，不过客观情况有变，回不到以前那种状态了。

　　"文革"中，魏绍昌肯定也免不了要受些冲击，但我猜他没有吃过太大的苦。"作协"造反派要打倒的人主要不是他魏绍昌。但在那个时候，有些被批斗的人急于要摆脱自己的困境，在检查交代中讨好造反派，有意无意地伤害了一些本来很熟悉很要好的亲友，把一些其实不说也可以的事情说了，弄得人家多吃了苦，这样的事例还是有的吧！魏绍昌是不是也这样交代过，不好说，但有个人对他起先也是不满的，就是吴祖光。据说祖光最早跟人说起魏绍昌来，简直是一副再也不想与其来往的神气："想不到魏绍昌这人……"但过了一两年，我到北京见到祖光，说到绍昌，他又笑眯眯地说："他来信向我认错了，算了。"我想，反正绍昌以后也没有机会像从前那样跟祖光接近了。那几年祖光到上海来过好几次，好像没有见到过他身边有绍昌。当然现在的魏绍昌也很忙，另有一些人在找他。

有件事我很惊讶，"文革"后魏绍昌竟然成了"红学家"中的一员。以前好像从没有听见他跟我们老朋友谈过《红楼梦》，怎么一下子就在这方面有了造就？再想想，在"文革"中他虽没有"靠边"，但也闲得无事做，朋友也不交往了，正好给了他读书的机会。"作协"的藏书很多，他自己也有不少，从这些书堆中他翻啊翻地，翻一些罕见的文字记载也未可知。他向"红学会"提供的东西，可能就是这样的来路。

我还惊讶的是"文革"以后，绍昌是最早和境外来访的人员接近的一位上海文史学者。比如台湾地区有名的女作家龙应台。看绍昌的一些文章，龙应台好像蛮拿他当回事，他们交谈过好几次，绍昌大概向她讲述了好些大陆文坛的故事。

还有外国人来找他。后来绍昌竟然应邀出国访问，在德国海德堡的一所大学里逗留了好几个月，也帮他们整理一些有关中国近代文史的东西。海德堡我去过，1990年我作为中国新闻代表团的一员，访问奥地利，飞机在法兰克福落地，在等候转机的一天内，当地中航公司的人员陪我们游览了法兰克福，也到海德堡去见识了一下。记得有所大学的校舍是在一座小山上，那里真幽静，是读书做学问最好的客观环境。不知绍昌来访的时候是否耽搁在这里。

以后我和绍昌又恢复了来往，不过不像以前那样密切了。以前我当"右派"的时候，他是不怕别人的闲言蜚语和我接触最多的，即使有好些事"利用"了我，我也无所谓，倒好乘此机会锻炼锻炼我的"文笔"。可是现在我已"今非昔比"，在复刊后的《新民晚报》编副刊，忙得很，那时找我的人也多。我无法像从前那样让绍昌随叫随到了。

绍昌此时大概已经退休。但老关系不少，活动仍很频繁，还是喜欢结交名人。记得八九十年代上海有三位女作家崭露头角，就是王安忆、王小鹰、程乃珊。绍昌有次请她们在老城隍庙吃点心，以此显示他这位"老爷叔"对上海熟悉了解的程度。听三位女作家事后的口气好像也不怎么当回事。我想，凡是经过"文革"这场大灾难煎熬过来的人，在处世之道上又有新的感悟，何况这几位年轻的女作家？绍昌若还是老的观点，在新时代就显得有点跟不上步伐了。

绍昌如今也自己动手写文章了，还出了几本书，记得其中一本叫《戏文锣鼓》，是河南郑州的一家名叫大象出版社出版的，编辑是位将要退休的女同志。承绍昌的情，他向这位女编辑介绍了我，于是我将近年在报上发表的讲述与戏曲界接触的文章编了一本书，叫《人生看戏》。书在90年代初出版后却没有和我联系，那位已退休在家的女编辑到出版社一查，发觉样书和稿费等都没有寄给我，于是在她的干预下，我应该得到的书和钱都拿到了。我很感激这位女编辑，但此后就断了联系，不知她的近况如何？

我当然也很感激绍昌，因为编这本书的时候我也退休了，只在家里与狗为乐。记得这天我要将书稿送给绍昌，先在家里逗狗，狗不听话，我要为它洗澡，它倔强，发脾气咬了我一口。连忙去医院处理，手被包扎着。就是在这种心神不定的情况下，我在一家点心店将书稿交给了绍昌。如今算来已是二十年前的事了。

此时绍昌已发现了病灶，心脏不好，住过两次医院，他好像并不怎么介意，认识不到这病的严重性。因为不发病的时候，他一点也不觉得有什么不舒服的地方，活动照旧，他是耐不住寂寞的人。过了多少时候，我现在已说不清，反正是在"大象"的这本《人生看戏》的书出版以后。有一天，他忽然打电话来，说心脏病又犯了，已住进了曙光医院，不过这次的情况不大好，不知挨得过去否？我想去探望，因为路远，难免有些迟疑。就在我考虑不决的那两天，绍昌走了。我想不起这个消息是谁告诉我的，多半是和绍昌也很有交情的上海社科院文学所研究员陈梦熊先生。梦熊最早是研究鲁迅的，在这方面他有他的新发现、新见解。

绍昌遗体火化的那一天，地点在龙华的一个中厅内，除了家属，去送行的朋友就是我和梦熊两人。"作协"也只来了一位办公室的领导。梦熊后来与绍昌的交往中也出现过一些不愉快的事，但此时都不计较，还是想想绍昌生前也有好多长处，至少他喜欢交朋友，为朋友帮过忙。但在帮忙中也有他的"私心"，这也是免不了的。总之，绍昌还是一个"好人"，还是值得我们怀念的。

顺便说一句，绍昌的夫人姓罗。和绍昌结合好多年了，儿女都长大了，家里人还是叫她"新娘子"。罗夫人只管忙家务，绍昌在外面做的事，她从来不闻不问。到了老年，老夫妻也就剩下名分了。那天绍昌的遗体被送去火化的时候，罗夫人只是哀怨地说了一句："啊，你走啦……"

罗夫人的兄弟罗叔铭，做过几家书场的经理，跟我很熟。绍昌生前要听什么热门的书，票子是不成问题的。罗叔铭常与评弹演员接近，对评弹演员又有他自己的看法，他和绍昌郎舅之间在有些事情上也很少沟通。我有时与罗叔铭谈谈，觉得绍昌为人还是有一厢情愿的书生气。补充这么一点，觉得我现在写绍昌，还是很想念他的，也不一定很了解他……

我的引路人冯亦代

　　写冯亦代，一直在我的思想中"折腾"了好久，因为我们在一起工作，然后像异性兄弟似的来往接触，时间并不很长，顶多是两三年的工夫。我能看到的，只是那两三年冯亦代在上海的表面风光，内情并不知道。在我的印象中，只有一个概念：冯亦代是个肯为朋友付出心力的好人。对我的成长来说，他又是一位热心的引路人；没有他，我不可能进新闻界，随后也不能在这个行业立足，终老此生。

　　前两年，我听到了一些有关亦代的负面传闻，尤其是章诒和写的那篇《卧底》（是不是这个题目我已记不清），披露了亦代打听民主人士的底细，向党组织汇报的事情。初看有点令人惊讶。再看看，再想想，其实也不足为奇。我曾听一位在民主党派工作的同志说，每年逢人大和政协开大会之前，他们都要到各个头面人士的家中去访问，摸摸他们的思想情况，然后写成汇报，交给党组织。这也类似亦代干过的那种事，只是不像亦代那么"专业"罢了。在我想来，那时亦代也许天真地认为这是党对他的信任，他要在这方面表现得更加积极一些，以示自己确实在追求进步向党靠拢呢。

有一个朋友（已故），早先我们常在一起聚会，喝咖啡，与亦代也是很熟很要好的朋友，亦代帮过他不少忙。章诒和那篇文章刊出以后，有一次他在电话里跟我说："想不到亦代是这种人……"好像很不屑很生气的感觉。我心里的反应是：这又何必呢！亦代曾经干过什么，有他的特殊情况，与我们不相干。但他待我们不错。何况大家又都到了日薄西山的年纪，过去的事情也都过去了，余生几何？彼此还是好朋友的关系维持到死吧！

亦代终于死了，哪一年我倒忘记了，终年九十二岁。这个噩耗还是李君维打电话来告诉我的。李君维也于 2015 年 8 月 3 日走了。我们尊敬的"二嫂"，亦代的前妻郑安娜走得更早。往日欢情，风流云散，于今只剩下片段的回忆，何况有些事情我不知道，即使知道了我也吃不准。不管它，只凭我记得起来的说吧，但要声明，这不是"信史"，请读者也不要"较真"，看过算数。

1946 年，我才二十岁的光景，高中开始就没有好好地在正规学校读过书，也没有正当职业，成天吊儿郎当，只在一些英文补习班，或个别国文老师那里东学一点，西"捞"一点。但看报纸读闲书很认真，不知不觉，也积累了一些"歪才"。我有一位邻居兼远亲的大哥盛庆松，他已高中毕业，经人介绍，在新出版的《世界晨报》当会计，与经理冯亦代同一个房间（在圆明园路）。日子久了，与冯亦代可以随便谈谈了，有一次就谈到了我。这时我正和一个老朋友吴毅堂合作编发股票新闻，投寄各报。而《世界晨报》因为销路不好，正想方设法改进版面，要增加一些栏目。经盛庆松一介绍，亦代便约我和吴毅堂见面，决定在《世界晨报》第四版匀出半版，刊发股市动态。吴毅堂只答应供稿，具体编辑事务由我来做。因此我也成了《世界晨报》的一员，不是正式的，像是合同工，但也给我印了一张《世界晨报》记者的名片，示意我也可以采访别的新闻。我记得亦代与我和吴毅堂见面的头一天，就请我们在附近一爿馆子里吃中饭。可见他为人慷慨大方，更愿意结交朋友。

　　冯亦代虽是《世界晨报》的经理，在他前面还有总编辑姚苏凤，但报社内一切大小事务几乎都由他做主，姚苏凤只管版面，主要又是二三版。《世界晨报》是一位既经营轮船公司又经营造纸公司的巨商（姓钱）出资的，冯亦代实际上是这两家公司（两块牌子，一个组织）的高级职员，名义是副理还是襄理说不清，他的薪水是公司发放的，老板就派他管理这张报纸。在重庆时，冯亦代是中央印制厂（印钞票的）的副厂长，厂长是凌宪扬，是四大家族之一孔家的人，曾担任上海圣约翰大学（还是沪江大学？）的校长。我由此推测，冯亦代与国民党的一些经营财政的权要也有一些渊源，至少认识一些人。亦代又爱好文学，散文写作已有一点名声，与左派文化界人士交好甚厚，也许党就利用他这方面的关系做了一些工作。究竟是什么工作，亦代后来表示："不能说，打死也不能说。"既然如此，我们心里有数就行，不必追究了。

　　记得冯亦代坐在那个经理室内，整天几乎电话不断，访客不断，来的都是名人。那时上海香港路有个银行公会，里面有家餐厅，供应西餐中餐。来的都是银行界或其他企业的头儿脑儿。只有先加入了银行公会，才能以会员的身份进入这家餐厅。冯亦代也加入了银行公会（他本来也是银行界出身，在国民党中央信托局任职）。有客来了，时已中午，就请客到银行公会吃饭，有两次我也叨陪末座。后来总觉得吃白食不好意思，做人要识相一点，所以常常一发完稿就离去。

《世界晨报》因销路太惨，盘出去也没有人要，终于停刊。反正姚苏凤已进了《东南日报》编"大都会"副刊，冯亦代是中原公司的人，其他的人有的也接上别家的关系，比如李君维，已到杂志《时与潮》去任职。但还有些人比如像我，只好又当无业游民了。但冯亦代对我们（包括李君维等）很关心，想办法为我们谋出路。对我，是找些报刊让我投稿，赚些稿费。他介绍我认识编《新民报（晚刊）》副刊的李嘉先生，由此又结识了吴祖光先生，于是我写的一些幼稚拙劣的小文章居然也有了刊载之地。他又把《联合晚报》副刊娱乐版的编辑任务包揽下来，让我们又多了一个赚稿费的地方。我的零用钱就是靠一点稿费维持的。后来"娱乐版"交给别人编，亦代自己编文艺副刊"夕拾"。

那时在别的朋友看来，冯亦代身边围了一群小喽啰，就是李君维、董乐山、何为和我这些人。董乐山没有进《世界晨报》，但他是李君维的好朋友，常常同进同出，何况早已与乃兄董鼎山在上海文坛上有了点小名气，因此也受到了冯亦代的垂青。董乐山后来进上海美国新闻处，是亦代夫人郑安娜郑重举荐的。何为已是公认的青年散文家，受到冯亦代的看重，他与李君维、董乐山也熟，很自然地就常常在一起聚会，中心人物又常常作东的就是冯亦代。最明显的活动是在一起吃咖啡，地点在南京东路近外滩汇中饭店楼下的大厅内，这里也常有文艺名家光顾，比如电影名导演陈鲤庭，总是带了一本书，独坐于此，消磨光阴。

到1947年，我们几个人都找到了固定的职业。李君维进了《大公报》，董乐山进了美国新闻处，何为任职于外滩一家洋行。我则经父亲朋友的介绍进了上海市银行。三个月实习期满，转为正式职员。但那时银行的规矩，被录用的职员要有一定地位的人士或一家企业做保人。不用说，我的保人就是冯亦代，我拿了表格去找他。他的办公地点还是圆明园路的那间经理室，因为是事先联系好的，我把表格放在他面前，他毫不犹豫地就盖上大印。在从前，为人做保是件担风险的事情，你找人家，如交情够不上，是不肯答应的。我先与亦代谈这件事，他几乎没有考虑就同意了。在他的心目中，见我有了稳定的职业，不至于成天像惶惶无主似的荡来荡去，也让他安心。

从此我们就不常见面，冯亦代也好像更忙了。究竟忙些什么，我也不知道。但报纸上不时有关于他的报道。比如黄宗英和前夫程述尧离婚，就由冯亦代作证人，在一家咖啡店里达成协议，各走各的路。我看了这则报道，只觉好笑，亦代为人太热心，这种拆散婚姻的事也要揽在自己身上，别人是不肯做这种傻事的，不是有句古话"断合不断离"吗？

演员金山在上海办了一家清华电影公司，依附于颜料巨商吴性栽办的文华电影公司，同在江阴路一幢老房内办公。报上登出公告，冯亦代在清华电影公司也担任了一个重要职务，与金山并列。还刊登两部电影预告，记得一部叫《金砖记》，编剧是冯亦代与何为。这件事的来龙去脉，我有点清楚。是上海国民党中央银行有位职员盗窃了库房里的好几块金砖，马上被发觉，那位职员吃了官司，但经报上一渲染，他也出了名。有次冯亦代和我们一起吃咖啡，座中有何为。他与何为说："这个案子可以编部电影，你来执笔，我当参谋，如何？"何为答应了，确实认真地写了，又认真地改了。剧本成形定稿，但客观形势已有翻天覆地的变化，解放军已在全国取得决定性的胜利，金山去了北京，上海的清华公司无形中解体，《金砖记》自然也拍不成了。有此一段故事，上海解放后，经亦代介绍，何为进了以柯灵、陈鲤庭为领导的上海电影文学研究所。

那时冯亦代还忙些什么呢？这是近年我看过一些资料才知道的，亦代是忙上海民盟组织的事。因为国民党对民盟盯得很紧，几个有名气的头儿脑儿都隐蔽起来，有的已去了香港，上海的民盟机构，几乎就是冯亦代等人在当家支撑危局。这时候，我们也难得同他见面，就是见了面也不好向他打听什么。在我们的心目中，冯亦代就是一个大人物。大人物干的都是大事，我们可以猜想，却不可以追问。

1948年和1949年两次过春节，应亦代之召，我和李君维都到一个已经有点过气的话剧女演员家里去见见面。这位女演员把君维和我都看成是她的兄弟，很亲热的。1949年春节，上海已临近解放，气氛有点不同于去年，大家有点紧张，但又很兴奋。在闲聊时亦代说："终于可以看到《白毛女》了……"那位女演员马上问《白毛女》是什么？亦代大略讲了《白毛女》的剧情。但女演员问："这个戏究竟是啥意思呢？"亦代一下被问住了，看样子亦代也只是听说，实际并不了解，我们当然更加不懂。直到解放后，才明白这个戏的意思就是《白毛女》对外宣传的两句话："旧社会把人变成鬼，新社会把鬼变成人。"

　　上海终于解放了。我所在的上海市银行是官僚资产企业，当然要被接收。眼看身边的同事一个接一个地被分配了新的工作，我还没有下文。不久，新的领导派我担任所在分行办移交的任务，和其他分行的人都到九江路总行办公，大家聚在一起，谈谈讲讲，没有什么事。这时我碰到了董乐山，他告诉我，上海新出版了一张小报叫《大报》，是陈蝶衣在负责，冯亦代也有关系。乐山已被聘为该报的记者，但他志不在此，说："你去干吧！"我正想银行的出路在未卜之中，现在有这样一个机会，也符合我的兴趣，马上就答应了。董乐山便去和陈蝶衣一谈，陈蝶衣听说我和冯亦代的关系，一口答应，我立刻去《大报》报到，干了个把月，写报告辞去了市银行的工作。

　　但直到此时我还没有见到亦代的面，知道他很忙，后来在报上看到，北京召开全国文艺工作者代表大会，上海成立了一个代表团，团长是夏衍，成员有梅兰芳、周信芳、巴金等这些大佬，代表团秘书长赫然就是冯亦代，于此也可以看出上海党组织对他的器重。北京的大会结束后若干日子，上海举行一个汇报会，地点在威海卫路同孚路（当时的路名，今叫石门一路）的文艺处（旧时新生活俱乐部），我去采访，才见到了冯亦代，但他忙得很，到处和人握手、谈话。那天夏衍、黄源、周而复等都来了，副市长潘汉年莅临讲话，汇报会在一片笑声中结束。我离开文艺处，走在那条长长的小路上，只见后面驶来一部黑色的小汽车，里面坐着夏衍，他旁边是冯亦代。由此知道，亦代和夏衍的关系是很密切的。别人都管夏衍叫"夏公"，亦代却叫"夏伯"，自居晚辈。

亦代终于在《大报》露面了，那时《大报》借平襟亚经营的中央书店（在福州路）的楼上办公。亦代就在这楼上同《大报》的记者们传达了第一次文代会的精神。他叫我去访问一些人，比如梅兰芳，我说："梅兰芳多么难见啊！"他说："不要紧，我给你写张条子。"我拿了这张条子去思南路梅家，虽然事先打电话联系过，还是没有能见到梅先生本人，只和他的秘书许姬传先生谈了一通，后来我把见许姬传的情形写了一篇稿子见报，冯亦代看了，连说："写得好，文笔好……"我知道，他这是在为我撑腰。

我终于知道，原来冯亦代是《大报》的社长，他已预知自己将另有高就，不一定留在上海，因此举荐了一位代社长，就是李之华，地下党员，剧作家，已参加了上海广播系统的接收工作。现在分出一点时间来帮《大报》沟通领会市领导对报纸的一些要求，报纸也可以知道什么是可以干的，什么又是不可以插手的。在一段时间内，李之华就是《大报》的党领导。

冯亦代又推荐一位他早年在中央信托局的老同事祝纪和来当经理，负责行政事宜。这样，陈蝶衣就可以专心编报，免得为别的事分神了。

那冯亦代自己又将"何处去呢"？《大报》显然留不住他，他也不愿意干涉陈蝶衣的编务，但他嘱咐我可以向"蝶老"学点本事。他说："我已跟蝶衣讲好，你去帮帮他。"《大报》那时是由陈亮编第一版，吴崇文编第四版影剧专版，二三版全是小品文，由陈蝶衣一人负责编稿划样。他照例晚上到印刷所去做这些事情。我听亦代的话，晚上也到印刷所去。但陈蝶衣始终不让我插手，我去了只是干坐在那里，终究觉得无趣，就不去了。

亦代到底在哪里存身呢？一次在电影文学研究所谈起此事，他说："上海要我，北京也要我，还拿不定主意，可能要请示上面……"在座的朋友都觉得他说得未免"太自负"，又不好驳他，便哈哈一笑了之。

亦代终于去了北京，在乔冠华领导的国际新闻局当秘书长，相当于总管的身份，作为一个党外人士，这是很了不起的重任了。

次年，也就是1950年的年中，亦代又来过一次上海。此行他可能另有公干，但把《大报》作为他日常的驻地。《大报》已在上一年搬了新址，在河南路九江路口，也不过是一开间的门面，经过装修，搭了阁楼，分了前后，却也有点像模像样的了。楼下特辟一间社长总编室，里面有两张大写字台，一张是陈蝶衣坐的，一张现在就归了冯亦代。他每天在这里打电话会见朋友，自有他要做的事。对于《大报》，他也许跟陈蝶衣和祝纪和谈了些什么，对我只说了句："大报现在搞得还不错嘛！"

这一年《大报》还庆祝创刊一周年，在几家电台做特别节目，请了好多有名的艺人来参加演唱，给人的印象，报纸办得蛮兴旺的。

在我们这些青年人中，冯亦代最为器重的就是李君维。所以他在北京立足以后，头一个就为李君维在北京找到了工作。董乐山是自己考上新华社的，他比李君维先到北京。后来董乐山的妹妹董木兰也到了北京。这种情况让我产生了一种感觉，好像只有到了北京，才算是真正参加了革命。

1950 年岁末，我随上海评弹艺人组织的抗美援朝宣传队到北京，陆续见到了这几位老朋友。后来评弹宣传队任务结束回上海，我留了下来，就住在冯亦代家。现在想来我那时真是有点"少不更事"，还不大懂得世道人情。因为要留我住，时值冬令，亦代家为张罗给我盖的厚棉被就很费了一点事。可我一直木知木觉地不知高低，至今想来，犹觉愧疚不已。

在北京耽搁了一阵到快要过春节时才离开，李君维和我一道回上海，又是托亦代买的车票。我们两人从亦代家出发，亦代一直送我们到门口，真像个长兄一般。君维在上海逗留了近两个月，又回北京。

我和亦代平常并不通信，也很少联系，只从李君维的来信中约略知道在京友人的一点情况。在我的想象中，亦代是个"兜得转"的人物，朋友那么多，上层的关系也不少，好些领导对他都是知根知底的，他的境遇是不用担忧的。

1956年秋天，我被评为市文化界先进工作者，到杭州上海新闻出版界办的休养所度假。一天早上，忽然接到亦代的电话，他陪一位外宾也来了杭州，要跟我碰碰头。原来他们是从上海过来的，曾打电话到晚报找我，报社告诉他这两天我在杭州，并告诉了他休养所的电话，终于把我找到。我听了，马上就到他们住的宾馆去，然后同在宾馆外面的一处面湖的平台上喝茶，直到中午，又一块吃了饭。一同来的翻译小姐似乎对我这不速之客突然轧进来感到不大高兴，或许是外事纪律的关系。只见她将亦代拉到一边去说了些什么，我识相，连忙告辞。反正老朋友见过面了，彼此无恙，各奔前程吧！

真的"无恙"么？过了一年，"反右"的风暴骤然而至，北京的老朋友好多都卷了进去，吴祖光、丁聪、冯亦代、董乐山，等等，无一幸免。也不对，李君维就是被逃脱的一个，这与他为人素来谨慎低调有关系。在上海，我最后也不能蒙混过去，批斗了一个时期，还是被戴上了帽子。

三四年后，摘掉帽子的董乐山到上海来过一次，在我家吃过一顿饭。亦代只来过一封信，他当然也被"摘帽"了，现在干些什么没有说，只在信上勉励我要好好改造，相信党，云云。我那时不仅被摘帽，还恢复做了记者，控制使用，直到"文革"爆发。

一晃又是若干年，朋友们生死两茫茫，谁都顾不了谁，却不料又有重相见的一天。

那是1979年的春夏之交，我已被调到上海文艺出版社，现在要办一本艺术领域内的综合性杂志，算算约稿对象有很多在北京，于是我与同事武璀立即出发，去北京会会我的那些多年不通音信的老朋友，不知劫后余生的近况如何？

亦代到新办的《读书》杂志任副总编，又较早地作为中国作家的代表访问美国。这两件事要确切说是什么时候发生的，我弄不清，反正说明亦代又有了用武之地。

其实我看亦代在《读书》也是挂个名，相帮看看稿子。身在美国的董鼎山给《读书》写了不少稿子，想必最初也是亦代约来的。

但亦代的夫人郑安娜（我们叫她"二嫂"）对我说："亦代又能去编杂志，太好了，我很满足了。"

"二嫂"这人，从来不张扬，很本分，她的英文程度要比亦代高出好多倍。凡是亦代的朋友，没有一个不尊敬这位"二嫂"的。可是"文革"中她竟弄瞎了一只眼睛，如今只是一个普通的家庭主妇，业余也搞些翻译，出了书。还为人补习英语，我知道其中向她请教的一位学生是侯宝林的女儿。

那时亦代家住三不老胡同，房子的朝向不好，风大，因此亦代命名为"听风楼"。我去吃过一顿中饭。事先联系时，我随口说了句："不要搞好多菜，有只汤就行了。"就是"这只汤"害得女主人有些为难，因为家里只有一两把汤匙。

那次亦代还带我去看了两个朋友，一个是黄苗子，一个是刘邦琛。这位刘邦琛有外国血统，长得也像外国人。解放前在上海经营外文书店，解放后任北京新华书店经理，"三反"运动时被打了下来，从此就成了"运动员"，每次掀起阶级斗争运动，他总有份，即使不是主要的斗争对象，也得拉进去陪斗，"文革"时就更不用说了。我们去看他时，他正坐在一张椅子上，望着儿子在院子里砌一间小房子，作为结婚的新房。刘邦琛情绪倒很不错，跟我们有说有笑，就是身体不好，两只脚肿得厉害。亦代后来对我说："男怕着靴（脚肿），女怕戴帽（头大），邦琛的情况很危险。"我和刘邦琛没有很深的交情，后来也没有听说他的下文。

梅兰芳的二儿子梅绍武是翻译家，跟冯亦代、董乐山他们时有往来。我去拜访梅绍武，事先也是由冯亦代打了招呼的。

北京很热，我们待不住，没有多少日子就走了。北京的老朋友总算一一都看过了，都安安稳稳地过日子，已经属于"小康"的水平，这就应该知足了，你还想怎样？

晚报复刊，我回晚报，编辑副刊，知道亦代读的书多，却没有给我写过什么，可能觉得他写的东西与我们报纸的性格不合，但他给我寄过他出版的书，像《龙套集》等，我也写过读后感。报纸还是寄给他的，承他看得起，竟夸我写的那些小文章是"大手笔"，真是惭愧之极。

1987 年年末，我当选第七届全国人大代表，他也当选了第七届全国政协委员。

我觉得，亦代与我们不同，他很早就与政治结缘，为党工作，应该在这方面有回报。他大概曾在民盟北京市委担任过什么重要职务，不想在"反右"中被踢了出去。现在是民盟中央的什么委员，也是挂名的活儿。我相信亦代现在应该想清楚，不再在这方面追求什么了。

1988 年 3 月，第七届全国人大开第一次会议，我到了北京。一天是民盟中央开什么会，亦代早在会场等我，见面时自是一场欣喜。此后五年，我每年去北京开会，抽空总要与几个老朋友聚晤一次。一次是在董乐山的家里，他准备了一只鸭子。一次是在北京国际饭店的观光旋转厅内，是香港《大公报》和《文汇报》请客，亦代、乐山、君维等都去了，欢谈一晚。香港《大公报》的何亮亮是上海老友何为的儿子，他也是我们晚报的作者。香港《文汇报》的姚兴宝是我们晚报副刊编辑贺小钢的丈夫，现在他已离开香港，在上海交通大学任职。

也不知过了几年，忽然听到一个不幸的令人哀伤的消息：就是冯亦代的夫人郑安娜死了。亦代没有向我们报丧，我也没写信去慰问亦代，实在想不出有什么话好说，空言无补，反正人生最后总是要死的，早走晚走，谁也免不了要走这条路。不过在我看来，亦代的一生，与妻子郑安娜背后的支持大有关系，但她从不张扬自己。托朋友做点事，总是连连地说："罪过罪过……"晚年朴实无华，除了忙家务，也读书，读的都是英文书。有适合中国读者看的，就着手翻译，有两本也出版了。

亦代是一副什么心情，可以想象得出。反正日子久了，自会平复，我们不必太担心。但是当我们听他又要与黄宗英结婚的消息时，是既惊又喜。这个消息还是何为告诉我的，听他的口气，似乎不怎么赞成，当然也不说什么。总感到宗英与安娜反差太大，宗英活跃，安娜安详。两人的意趣也不同，宗英是出现在前台的，安娜是总躲在幕后的，这是我个人的看法，今天写出来，以前我也不对别人说的。

这是从亦代的哪篇文章里看到的，两人结婚后，决定"归隐书林"，就是守在家里看书，看大量的其中肯定有我们看不到的或者看不懂的书。在亦代想来，老来光阴就是要花在学问的进修上反思自己的人生，从而得到心灵上精神上的慰藉。

相信宗英也有此同感。只是她还不能忘情于外面的世界，有机会她还要去探索一下新奇的事物，因此有了西藏之行。亦代不便拦阻，但不放心她的安危。我可以这样猜想，在宗英外出的这些日子里，亦代是时刻悬悬于心的。

宗英的西藏之行究竟收获如何，不得而知，只听说她的健康受到损伤，年龄到底也不小了。记得他们刚结婚不久，亦代随她来上海，住在她家。我和何为去看他，亦代那年八十岁出头一点，精神很好，样子跟早先差不多，只是脸上有了老人斑。但听到他说，医生检查他的头部，发现大脑中有不少容易受感染的症结，因此也有点为他担心。我们在他那里吃过饭，略谈一会，就告辞离去。亦代一面送我们出客堂间，一面朝卧室那边跑，我看他有点累，大概要去午睡了。

这是我们最后一次见面？不，想起来了，就在这一年，还是隔了一两年，何为请客吃晚饭，在淮海中路人民坊一家餐馆里，贵客就是亦代宗英夫妇。在席上我们没有多谈。这才是最后一次相见。

这以后，冯亦代是否再来过上海，我不知道。但老天无情，相继夺去了几位老朋友的生命，先是董乐山，他的肝部出了毛病，大概是肝癌，痛起来让人忍受不了，终于弃世，终年八十还不到，新世纪还未到来。

再是何为，他年轻时就有气喘病，后来倒不大发作了。50年代后期，他被派支援福建，退休后回上海，将老屋修缮了一下，安度晚年，身体却渐渐地支持不住了，寿终时已八十九岁。亦代当年对何为是很看重的，交情也是异于他人的。

董乐山与何为的故去，未尝不在亦代的感情上留下创痛，也预示了自己的未来。果然，一天晚上李君维来了电话，告诉我亦代走了。这个消息并不显得突兀，我的思想早有准备。我虽知道得不详细，但约略听说，亦代后来也饱受病痛的折磨，死其实也是一种解脱。

亦代生前交了那么多有名的朋友，最后称得上要好的又是哪几位？我们只是他提携过的后辈，不能与他平起平坐。亦代后来曾经举出过有两三位是他的好朋友，其中一位竟是董鼎山。我看了他写的这段话，觉得有些诧异：董鼎山1947年就到美国去了，跟亦代三十多年不来往，怎么一下子就成了"好朋友"呢？也许他们之间的交情我不清楚。但国内的形势，几经风浪，使亦代不敢轻易地在过去认识和熟悉的人士中辨认知己，这也是可以理解的。

曾经在上海市文联办的《上海采风》杂志上，读到过舞蹈家舒巧写的一篇文章。文中有一段说，他到北京，去拜望过夏衍。又跟夏衍说，他去看过冯亦代。夏衍听了，默然片刻，就对舒巧说，下次你碰到冯亦代，不要说到我这里来过……这话是什么意思？过去亦代与夏衍不是很接近的吗，怎么现在好像两人有点隔阂了？再想想，可能又是"文革"这场运动和之前的一些运动造成的误解，现在说也说不清。

不管他，在我的心目中，冯亦代永远是我怀念不已的朋友，我的引路人！

完稿于 2017 年 12 月 17 日

附:

冯亦代的三本书

　　2017年11月17日天气大冷，最高温度只有5摄氏度。但天气大好，晴到多云，我家窗户朝南，阳光从早上七点多钟就晒进来，一直晒到下午两点钟光景才西移而去。我这个九十多岁的老人就趁着这个大好的机会晒太阳。晒着晒着，有时要打瞌睡，但更多的时候是在翻书。今天翻的书有三本，都是冯亦代先生生前送我的，一本是《龙套集》，一本是《冯亦代散文选集》，还有一本是《归隐书林》，是他和黄宗英女士结婚后合写的。

　　哦，想起来了，《归隐书林》是上海文艺出版社出版的。新书问世，一天晚上出版社在虹桥路近古北路的一家饭店内举行了一个小小的发行仪式，亦代和宗英从北京赶来参加，那天我是应邀列席的客人之一。

　　亦代早以散文闻名。三本书中有一篇《戴望舒在香港》，写他1938年在香港与诗人戴望舒相识，很快就成了常在一起聚晤的朋友。有一次，戴望舒看了亦代写的散文、新诗还有剧作后，不客气地对亦代说："你的散文还可以，译文也可以……不过你写的诗……我说句直率的话，你成不了诗人。但是你的散文倒有些诗意。"

　　从此，亦代就在散文上下功夫。在重庆时，他也因此蹐身进步的文化人之列。记得吴祖光早年还在上海《新民报（晚刊）》编副刊时，有一天在我面前调侃冯亦代，说："你要讨冯亦代高兴也很容易，一是要说他人长得漂亮，二就是说他文章写得好。"

但是从1946年到1949年在上海我们和他相处的两三年，倒不见他有什么文章发表。他很忙，总是挟着一个大皮包，匆匆来去。皮包内有一本书，还夹着一小叠空白的稿纸，空下来就伏案写上十几行。原来那时晨光出版公司要出版一套美国文学丛书，他担任其中一本《美国文艺思潮》（原名《在祖国的大地上》）上册（下册的译者是徐迟）的翻译任务。他常常对我们说："我写下来的不算数，还要给安娜过目，由她把关。"

安娜就是他的妻子，姓郑，一班朋友称她为"二嫂"。她和冯亦代是沪江大学的同学，婚后患难与共，不仅是亦代的贤内助，而且是亦代事业上的支持者，为人相当正派，态度却相当温婉。朋友们有时可以对亦代这位"二哥"开几句玩笑，而对安娜这位"二嫂"则绝对保持尊敬，不敢稍有失礼之处。1979年我到北京组稿，顺便看望老朋友。一天应约到三不老胡同亦代家吃中饭，见到了安娜。彼此都是劫后余生，唏嘘不已。安娜那时完全像个普通得再也不能普通的家庭主妇。请我吃的那顿饭，也是她亲手烧的。令人不忍的是她的一只眼睛在十年动乱中弄瞎了，但这也并不妨碍她看书写字，出版了几本译著。她还在业余时为人补习英语，帮助他们考"托福"能过关。

对于我们这几个曾受亦代照顾的小兄弟，安娜也是关心备至的。1988年，我有幸当选为第七届全国人大代表。亦代来信向我祝贺，又说："我告诉了安娜，她也为你高兴。"

大概是1991年，安娜八十岁还不到，这一天，她照例在厨房里忙着，亦代照例在房间里看书，忽然听见一声异响，连忙到厨房去看，安娜倒在地上，从此就醒不过来了。

没有了安娜，亦代的日子过得怎么样，我们不敢多问，怕引起他的伤心。今天我在《归隐书林》里读到一篇文章《一封无处投递的信》，是写给安娜的亡灵的。写的日期是1993年1月22日，旧历的"大除夕"，第二天是春节初一，是安娜的生辰。想不到安娜与《红楼梦》中的贾元春同一天生日。过去我们不知道，安娜也从不张扬，她这人一向是很内在的、谦和的。

亦代在信中说："现在我每天上午埋头书案，不是读就是写，然而生活中总缺少个你。有好书时，无人一同欣赏，写了文章，又缺少一个为我把关、提出异议或共同讨论的人……最苦恼的是没有一个可以谈谈心里话的人……"这几句话写得相当动情，也相当真实，符合我们略有所知的冯亦代的为人。唯有真实，才最能动情。

把这本书再翻下去，又翻到一篇文章《我与小妹》，是写黄宗英那天从上海坐飞机到北京来与亦代完婚的。安娜去世两年之后的1993年，亦代终于又有了个伴。何况他们早就是相识的老朋友，现在双方都因孤单已久而结合在一起，让彼此的人生在最后阶段增添一些欢乐，是一桩大好事。

记得他们婚后不久就同来上海，亦代当然住宗英家。一天，他们约何为和我去吃午饭。我一走上楼梯，遇见宗英，就叫了声"二嫂"。很自然地冲口而出，以表示我还像从前那样尊敬亦代，自然也同样尊敬亦代的新夫人。

他们婚后生活不用说是很和谐的，"归隐书林"是他们共同的志趣。但宗英去了一趟西藏，身体受了伤，不得不到上海来住医院，她的医保关系在上海，老两口又分开了。我相信亦代是很体贴宗英的。听说那次宗英去西藏时，要路过好些地方。临行前，亦代买了一叠空白信封，写好北京的地址，还贴好邮票，要宗英每到一地，就寄一封平安信回家。我在想：那时如果就流行手机，就更好了。

亦代故去的那一年他九十二岁，听说临终时再三吩咐子女：他的骨灰要和安娜葬在一起。亦代最终的归属，还是离不开安娜。

这个丧音是李君维兄打电话来告诉我的。到 2015 年 8 月 3 日，君维也走了，当年的老朋友全都不在人世了！我什么时候去那个世界与他们相聚呢？也快了，肯定的。

刊登于 2018 年 1 月 15 日《文汇读书周报》

君维周年祭

"一年容易又秋风"，这是我小时候学写作文常会引用的诗句，现在忽然又想了起来，是去年也是这酷热方消微凉初见的时候，先后有两位朋友（一位是陈子善先生）告诉我北京的老朋友李君维兄于 2015 年 8 月 3 日去世了。隔了好几天，君维的女儿李璀打电话来，算是正式的"讣告"，估计丧事已经办妥，家里人也安定下来了。

君维的致命之患是"肺气肿"。好几年前就听说他经常要咳嗽、气喘，又住院了。一次次的凶险，居然能一次次地挺过去，最后挺不住，也是自然规律。高龄已九十有三（虚岁九十四），所谓"老成凋谢"，用在君维身上，我认为是合适的。

今年是他的"周年祭"。于是想起 1946 年《世界晨报》虽然停刊了，但冯亦代先生对他属下的几个青年同事还是很照顾的。就在这年的中秋节，亦代约了君维、董乐山、何为和我到他余庆路近衡山路的家里团聚，其实是亦代夫人郑安娜的家。那天的客人中，记得君维还约了一位话剧女演员。1947 年中秋，我们几个又在亦代家相聚过一次。以后的客观情况有变化，亦代家不去了，但我们几个人在别的地方还是时常见面的。我们几个人也被看成是"一伙"的。尤其是亦代的几位在重庆就认识的文艺界老朋友说起来总以"亦代的那几个小喽啰……"来称呼我们。

大概也是 1947 年，上海新出版了一张小报《精报》，主办者托人约我们四个写专栏，每天一篇，我们答应了。记得君维用"枚屋"的笔名写的专栏叫"无痕集"，乐山是"犬儒集"，我用陈惠的笔名写"缀锦集"，何为专栏的名字叫什么不记得了。写了一个月，大概人家嫌我们号召力不够，便中止了。我们也无所谓，不写就不写，反正大家都有正当职业，不在乎那点稿费，好像连剪报都没有留存。现在想来，那时我们真有点"少年不识愁滋味"的样子。不过他们三人都比我有识见，只有我最浅薄无知。

君维是 1946 年还是 1947 年考进了《大公报》的，说不清。后来听君维说，与他同时进去的有查良镛，就是后来大大有名的"金庸"。到 1949 年上海解放后的 7 月，我进新办的小报《大报》当记者，君维给了我不少帮助，提供了好些采访线索。这时君维已参加过几次重点报道，大名常在报上出现。但到了 1950 年，他就应亦代之召到北京去了。董乐山考进北京新华社，先他而去。当时在我看来，他们这是进一步投身革命之举。君维在临行之前，与我一块吃饭，谆谆告诫我要认清大势所趋，不要老是稀里糊涂的。

但是他到了北京以后，给我来信，却又倾诉了好些苦闷，我猜想是环境不适应、生活不适应的缘故。比如他看见董乐山夏天穿短袖衬衫里面不穿汗衫背心，为的是少洗一件衣服，他也有点奇怪。而按照过去上海人的生活习惯叫这种穿法是"统厢房"，不够体面。君维是地道的上海人，思想上一时怎么改得过来？

这年冬天，上海的评弹艺人组织了一个抗美援朝宣传队，一路巡回演出，终点是北京。我是"随军记者"，也到了北京。等演出结束，评弹艺人回上海，我留了下来，住在亦代家，与君维几乎天天在一起盘桓，也常到青艺剧院沈浩（后来是电影导演叶明夫人）那里去混饭吃。转眼春节临近，我回上海，君维与我一同坐火车回来。出发时，亦代对我说："让他（君维）回家调整一下情绪也好。"君维那次在上海大概耽搁了一两个月又回北京，终是理智占了上风，安下心来做好工作吧。还是不时地和我通信。他的信家长里短，封封都是亲切有味的散文，我懊恼一封也没有留下。直到他与涂平女士结了婚，以后信就少了，想来他已经安定了。

君维那时总说自己感到有点"窝囊"。却不料也有好处，五七年那一关，他逃过去了，亦代、乐山和我都没逃过。"文革"中只知道他去了干校，别的吃过什么苦不清楚，我估计也是小意思，大家都是过来人。君维为人一向比较平和，能克制，不大喜欢显山露水的，这其实也是一种有修养的表现。倒是朋友们常为他的工作未能展现其才而叫屈。1979年春夏之交，我去北京组稿，是一定要到他家去的。那时他住在近宣武门的一处大杂院内，只有一大间，南窗外面是走廊，放着煤炉、水缸之类。北京有朋友对我说："你看君维现在像不像个落难公子？"须知君维从前的家境是很优裕的。上海永嘉路近襄阳南路有幢小洋房就是他家的老屋，楼下的客厅可以跳舞，不过早已易主了。

真正的才能还是埋没不了，终究要显露出来的。君维早先用"东方蝃蝀"的笔名写的《绅士淑女图》以及后来写的一些小说如《名门闺秀》《伤心碧》等得到当今几位颇有名望的学者和作家的赏识，人民文学出版社为他出版了"东方蝃蝀小说系列"的书，君维终于又拥有了新的读者群。也因为君维的关系，我有幸结识了陈子善先生。已经忘记了是哪一年，陈先生在华东师大召开了东方蝃蝀作品研讨会，我被邀请参加。翻译家吴劳（人称小苏州）、朱曾汶这两位君维的文友也来参加。令人感伤的是他们两位已先君维而去。

我还想提到的一位是已故的女作家程乃珊。她的作品与君维有着同声相应的风情，因为取材多来自上海中上阶层的人家。记得是上世纪 90 年代，君维来上海，程乃珊请他到愚园路近常德路一幢新式里弄房子的家里吃饭，陪客是沈毓刚和我。那晚的菜肴有中西合璧的味道，很好吃，但宾主的兴致又不在于吃，而在于彼此敞开心扉的交谈。沈毓刚特别喜欢他坐的那把有了年代的太师椅，说是舒服极了。这件事情，如今只有我能回忆了；当然还有乃珊的夫君严先生。

也许都到了垂暮之年，感情凝固了，有好多年我和君维就是在春节时通一次电话，互祝平安，平常不大通声气，觉得反正人生最后就是那么一回事了。记得有一年，君维忽然在电话里说："就听侬两家头哉！"这是标准的上海话，"听"就是"剩下"的意思（指早年的朋友圈）。如今呢……言犹在耳，人已渺茫，写到这里，不觉悲从中来！

刊登于 2016 年 10 月 27 日《新民晚报·夜光杯》

图书在版编目（CIP）数据

师友追梦/秦绿枝著 . --上海：上海文化出版社，
2019. 8

ISBN 978－7－5535－1651－6

Ⅰ.①师… Ⅱ.①秦… Ⅲ.①回忆录－作品集－中国
－当代 Ⅳ.①I251

中国版本图书馆 CIP 数据核字（2019）第 130353 号

出　版　人：姜逸青
策　　　划：罗　英
责任编辑：黄慧鸣
装帧设计：王　伟

书　　　名：师友追梦
作　　　者：秦绿枝
出　　　版：上海世纪出版集团　　上海文化出版社
地　　　址：上海市绍兴路 7 号　　200020
发　　　行：上海文艺出版社发行中心
　　　　　　上海市绍兴路 50 号　　200020　www.ewen.co
印　　　刷：苏州市越洋印刷有限公司
开　　　本：787×1092　1/16
印　　　张：7.5　插页 2
版　　　次：2019 年 8 月第一版　2019 年 8 月第一次印刷
书　　　号：ISBN 978－7－5535－1651－6/I. 646
定　　　价：48. 00 元
告　读　者：如发现本书有质量问题请与印刷厂质量科联系
　　　　　　T：0512－68180628